甲子園で勝利を
引き寄せる

報徳魂

大角健二

竹書房

はじめに　――「報徳魂」を伝承し続ける

我が報徳学園高校野球部は90年以上に及ぶその歴史の中で、春夏通算39回の甲子園出場、そのうち優勝3度、準優勝2度、ベスト4が7度、ベスト8が6度と輝かしい戦績を誇っている。

私はいわゆる「松坂世代」にあたり、現役時代は捕手として4季連続で甲子園に出場した。2年生のときに出場した1997年のセンバツではベスト4に入ったが、これが私の甲子園における最高成績である。

卒業後、立命館大学でも4年間野球を続け、2003年から母校のコーチになった。その後、2013年春から部長を務め、2017年4月に永田裕治監督のあとを受けて監督に就任した。以降、本校は2018年夏の甲子園ではベスト8、2023年と2024年には2年連続でセンバツに出場していずれも準優勝という成績を収めている。

こうやって私のキャリアだけを見ると輝かしい球歴のようだが、大学時代は2度も肘にメスを入れるなどして、思うようにプレーができたことはなかった。「本気で野球をやるのはもうやめよう」と思い、大学卒業後は消防士になるつもりだった。ところが、高校時代の恩師にあたる永田監督からコーチ就任を打診され、母校に戻って再び野球に携わることになった。指導者となってからも試行錯誤の連続で、成功したことより失敗したことのほうが圧倒的に多く、いまでも後悔と反省の日々を繰り返している。

センバツで2度、夏の甲子園では1度の全国優勝の実績を持つ本校だが、実は野球部の専用グラウンドはない。校舎に隣接する校庭をラグビー部、サッカー部などと譲り合いながら使用している。

校庭の隅の内野エリアにだけは野球部専用の黒土が敷かれているが、外野エリアはラグビー部やサッカー部の部員が走り回っているので、当然のことながらフリーバッティングや外野ノックをする際には、ほかの部に迷惑がかからないように細心の注意を払っている。

このように、本校野球部には専用のグラウンドもないし、強豪私学には大抵備えられている広々とした室内練習場も、遠征用の大型バスもない。しかも3学年が揃う4～7月にかけては、野球部の部員数は140～150名となる。限られた時間と空間を少しでも有効活用するために多彩な練習メニューを考えて、班分けをすることでみんなが平等に練習できるよう、監督である私とコーチングスタッフとで知恵を絞って毎日のメニュー構成を考えている。

本校がそういった環境にあることを知らない野球関係者の方も多く、そんな現実をお話しするとみなさん大変驚かれる。でも、私たちはこの環境に不満を感じたことは一切ない。なぜなら、報徳学園が生まれて以降、これが当たり前の環境であるからだ。だから私たちは、多くのみなさんに見ていただける学校のすぐ横で練習ができることに、感謝すらしている。

報徳学園野球部には100年に迫る長い歴史があり、本書で詳しくお話しするが多くの大先輩や名将がその礎を築いてこられた。私はそんな「報徳野球」や「報徳魂」を伝承し続けるのと同時に、不易流行に則って令和といういまの時代にふさわしい野球に対応すべく、大胆な改革もチームに施してきた。

例えば、内野の守備では、昔はよしとされなかったジャンピングスローも取り入れているし、新入生の体力強化を目的とした厳しいランメニューは廃止した。このほかにも改革してきたことはたくさんあるが、いずれも「勝つために必要なこと」を追求した結果、導き出された答えである。

本書では、私たちが決して恵まれているとは言えない環境で、いかにして39度の甲子園出場を成し遂げることができたのかをお話しししていきたい。本校の歴史や野球観、なぜ「逆転の報徳」と呼ばれるようになったのか、さらに現在はどのような練習や指導をしているのか。大所帯でも一人ひとりの力を伸ばし、コンスタントに甲子園出場を果たしている報徳学園の秘密を本書で明らかにしていきたい。

目次

第1章 兵庫の高校野球と報徳学園の歴史

第2章 2年連続のセンバツ準優勝から学んだこと

第3章

報徳学園現役時代は
4季連続で甲子園に出場

第4章 報徳思想を柱とした私の指導論

第5章 「報徳野球」を実現するための日々の練習

第6章 これからの高校野球、これからの報徳、これからの私

第1章

兵庫の高校野球と報徳学園の歴史

兵庫の高校野球の歴史

甲子園のお膝元でもある兵庫は、47都道府県の中でも屈指の激戦区として知られ、戦前から日本の高校野球界をリードしてきた。現在の夏の甲子園は、1915年（大正4年）に「全国中等学校優勝野球大会」として始まり、第5回大会で神戸一中（現・神戸高）、第6回大会で関西学院中（現・関西学院）、第9回大会では甲陽中（現・甲陽学院）がそれぞれ全国優勝を果たしている。

その後、1924年（大正13年）の第10回大会から1927年（大正16年）の第13回大会まで、第一神港商（現・市立神港橘）が兵庫大会で4連覇を達成するなどして黄金期を築き、1929年（昭和4年）のセンバツで初の日本一を果たすと、翌1930年（昭和5年）にはセンバツ2連覇の偉業を成し遂げた。

そのほかにも、1933年（昭和8年）に中京商と史上最長となる延長25回の激闘を見せた明石中（現・明石高）や育英、滝川なども戦前は強豪として全国的に知られる存在だった。これらの結果から見ても、高校野球の創成期から兵庫のいくつもの高校が活躍していたことがよくわかる。

余談だが、第一神港商が1929年と1930年にセンバツを連覇したときの監督である福田（旧姓・市野瀬）健一氏は、私の妻の曽祖父にあたる。結婚前にその事実を知ったときには、大変驚いたのと同時に、甲子園との不思議なつながりやご縁を感じたものだ。私の名前は健二なので、妻の曽祖父の名前と漢字を聞いて鳥肌も立った。また、のちにセンバツで準優勝となった際、私が「健一」ではなく「健二」だから、勝てないのかと思ったこともある。

話を戻そう。戦後、兵庫の高校野球を牽引したのは、1952年（昭和27年）に夏の甲子園を制した芦屋である。その後、1960年代になると我が報徳学園が頭角を現し、1974年（昭和49年）のセンバツで本校は創立以来初となる日本一を成し遂げた。

戦後から現在まで、兵庫で日本一を達成した学校は次の通りだ。

1952年（昭和27年）　芦屋（夏）
1953年（昭和28年）　洲本（センバツ）
1974年（昭和49年）　報徳学園（センバツ）
1977年（昭和52年）　東洋大姫路（夏）
1981年（昭和56年）　報徳学園（夏）
1993年（平成5年）　育英（夏）

2002年（平成14年）　報徳学園（センバツ）
この一覧からもわかる通り、兵庫県勢は2002年の本校以降、春夏を通じて甲子園の優勝から遠ざかっている。詳細は後述するが、本校は2023年と2024年に2年連続でセンバツの決勝まで進んだものの、いずれも準優勝に終わった。兵庫の高校野球を盛り上げる意味でも、本校に限らず県内の学校による日本一達成は最重要課題だといえよう。

近年の兵庫の勢力図
――なぜ、兵庫には公立の強豪校が多いのか

2024年夏、兵庫は夏の県大会に152チームが出場した。出場チーム数が全国で一番多かったのは愛知の173チーム、2位が神奈川の168チーム、3位が大阪の155チームとなっており、兵庫はそれに次ぐ第4位の多さだ（第5位は千葉の148チーム）。ここに挙げた5府県は、いずれも全国有数の激戦区である。この私も、兵庫を勝ち抜く難しさを毎年痛感している。

私が高校野球に興味を持ったのは、小学生のとき（1990年代）だった。その頃の兵庫は育英、神港学園、神戸弘陵、報徳学園などが活躍しており、第2章で詳しくお話しするが、中

学生の頃の私は報徳学園よりも1993年に全国制覇した育英や、人気選手が多かった神戸弘陵（元・中日ドラゴンズの山井大介さんや元・西武ライオンズの玉野宏昌さん、佐藤友紀さんなどがいた）に行きたい気持ちが強かった。

兵庫の高校野球の大きな特徴は、出場チーム数が多い激戦区にもかかわらず、公立の強豪校がとても多いということだ。

近年の私学の強豪は神戸国際大付、育英、滝川二、関西学院、神港学園、本校といったところが上位進出の常連校であり、最近は東洋大姫路の躍進が著しい。履正社で2019年夏に全国制覇を達成した岡田龍生さんが、2022年4月に母校である東洋大姫路に監督として復帰して以降は着実に力をつけ、2024年秋には近畿大会で優勝を果たした。明治神宮大会では優勝した横浜に準決勝で惜しくも1－3で敗れたが、その強さを全国に知らしめた。2025年のセンバツでも、東洋大姫路はきっと上位に食い込んでくるだろう。横浜の前監督である平田徹さんが2022年夏から指揮を執っている彩星工科（旧・村野工）も、この先本校にとっては要注意の私学のひとつだ。

兵庫には公立の強豪校が多いと先に述べたが、最近では2022年の夏、2023年の春夏と3季連続で甲子園出場を果たした社《やしろ》がその筆頭に挙げられる。その社に次ぐ存在が甲子園常連の市立明石商であり、そのほかにも市立須磨翔風、加古川西、長田、西脇工、市立尼崎、市立西宮、高砂といった公立校が虎視眈々と上位進出を狙っている。

ではなぜ、兵庫には公立の強豪校が多いのか？

その理由はいくつか考えられるが、まずひとつは小・中学生の野球が盛んであることが挙げられる。甲子園のお膝元ということで兵庫の野球熱は昔から高く、学童野球、少年野球（中学の硬式、軟式野球）の選手数が多く、レベルも高い。地域によっては、競技人口の多いサッカーは中学校の部活にはないのに、野球部は盛んに活動を行っているところもある。

要するに、兵庫は野球選手の人材が豊富なのだ。だから県内の優秀な中学生が県外の強豪校に流出したとしても、まだ多くの優れた選手が県内には残っており、その優秀な選手たちが県内の私学、公立に散らばっていく。だから兵庫は私学だけでなく、公立の強豪校が多いのだ。

また、公立でも社や市立尼崎のように体育科がある学校は、野球部には非常に力を入れている。さらに明石商は体育科こそないものの、市を上げて野球部の強化に取り組んでおり、施設も立派な室内練習場を完備するなどとても充実している。このように、兵庫の公立校は学校全体で野球部強化に力を入れているところも多い。

数年前までの社はダークホース的な存在だったが、最近はずっと上位で安定した成績を残している。須磨翔風も近年目覚ましく伸びている学校である。

いずれにせよ、公立の強豪校は学校の体制も整っていて、監督やコーチのみなさんもすばらしい指導をされている。

私学、公立問わず、兵庫には強力なライバルがとても多い。だから県大会を勝ち抜くだけでも大変なのだが、強豪が多ければ多いほど兵庫の高校野球は盛り上がる。だからこれからも、みんなで切磋琢磨しながら兵庫のレベルを上げていければいいと思っている。

報徳学園と野球部の歴史
――春夏通じて3度の日本一を達成

報徳学園は「二宮尊徳」の人格と思想に基づいた報徳教育を根幹として、1911年（明治44年）に創立された。「以徳報徳」の精神を身につけ、知育・徳育・体育の均衡の取れた質実剛健な人材を育成すべく、神戸御影の地に3年制の報徳実業学校として創立されたのが始まりである。そして1952年（昭和27年）に、報徳学園中学・高校に改称して現在に至っている。

野球部は、学校の創立から約20年を経た1932年（昭和7年）に創部された。創部以来、90年以上に及ぶその歴史の中で、春夏通算39回の甲子園出場を誇る本校だが、創部当初は県大会でなかなか上位進出を果たすことができなかった。しかし、1957年夏に県大会でベスト8を記録すると、翌1958年夏には初の決勝戦進出。結果は姫路南に完封で敗れたが、そこから徐々に「報徳」の名は近畿圏で知られるようになっていった。

１９６０年代に入ると、沢井則男監督率いる本校が大躍進を遂げる。１９６１年夏、県大会で悲願の初優勝を飾ると、甲子園では1回戦で倉敷工と対戦し、9回まで０－０の投手戦で延長に突入。11回表に6点を入れられて万事休すかと思われたが、裏の攻撃で6点を奪って追い付き、12回裏に劇的なサヨナラ勝ちを収めた。

この奇跡の勝利以降、本校は「逆転の報徳」と呼ばれるようになるのだが、このときチームを指揮していた沢井監督こそ「報徳野球」の礎を築いた方だといえる。沢井監督は特攻隊に志願して隊員となったものの、特攻する直前に終戦を迎えたそうだ。沢井監督がいなければ、いまの本校の隆盛はなかったに違いない。90歳を過ぎてもなお、お元気な沢井監督に報徳の勝利をお届けすることが、私のひとつの使命でもある。

１９６１年の甲子園初出場から、本校は１９６０年代だけで甲子園に6回出場している。１９６４年春、１９６５年夏、１９６６年夏と3年連続で甲子園出場を果たすと、続く１９６７年には春、夏と2季連続出場を遂げ、全国的にも「報徳」の名が知られるようになっていった。

報徳が念願の甲子園初優勝を果たしたのは、１９７４年のセンバツである。チームを率いていた福島敦彦監督は、当時の高校野球では珍しい投手分業制を導入して、見事に栄冠を勝ち取った。福島監督は本校で監督をしたあと、東京六大学の慶応義塾大でも監督を務められた名将である。私の恩師にあたる永田裕治監督は「全員野球」を提唱していたが、その礎を築かれたのは福島監督だったそうだ。

その後、先述した沢井監督と同期ＯＢである清水一夫監督が着任すると、報徳は常勝軍団としての地位をさらに固めていく。そして、甲子園初優勝から7年後となる1981年、エースで4番の金村義明さん（元・近鉄バファローズほか）を擁する本校が、今度は初めて夏の頂点に立った（金村さんと同期の永田監督は、このときの優勝メンバーのひとり）。

本校3度目の日本一を成し遂げたのは、2002年のセンバツである。永田監督率いる報徳が、エース・大谷智久投手（元・千葉ロッテマリーンズ）の活躍もあって、堂々の優勝を果たすことになったのだ。

「逆転の報徳」の精神をつなぎ続ける

1961年夏の甲子園初出場の際、倉敷工を相手に大逆転劇を演じたことで、本校が「逆転の報徳」と呼ばれるようになったのは先ほどお話しした通りだ。

さらに、本校が夏の甲子園で初の全国制覇を達成した1981年には、3回戦の早稲田実戦で再び奇跡の大逆転をやってのけた。試合は早実の荒木大輔さん（元・ヤクルトスワローズほか）と報徳のエース・金村さんの投げ合いとなり、8回表を終わって0－4と流れは完全に早実に傾いていた。

しかし、8回裏に報徳が1点を返して1－4とすると、9回裏に疲れの見えてきた荒木さんを報徳打線が捉えて4－4の同点に。敗戦濃厚だった本校は息を吹き返し「逆転の報徳」を信じて疑わないスタンドの盛り上がりもすごかったそうだ。そして10回裏、2アウト・ランナーなしの状況から、4番打者の金村さんがレフト線に二塁打を放って出塁。押せ押せムードの中、続く5番の西原清昭さんがレフトオーバーのヒットを打って、金村さんがサヨナラのホームを踏んだ。報徳は、1961年に続く大逆転勝利を飾ってベスト8進出を果たし、その勢いのまま夏の頂点へと上り詰めた。

いまの選手たちは、本校が「逆転の報徳」と呼ばれるようになったいきさつを詳しくは知らない。だから、私は選手たちに普段から「なぜうちが〝逆転の報徳〟と呼ばれるようになったのか？」を事あるごとに話すようにしている。試合が劣勢にあるときは「うちは〝逆転の報徳〟だから大丈夫だ」と、選手たちに声をかけることがある。そして、実際に逆転劇へとつながるケースも多い。こうしたことを続けているので、大先輩たちが築き上げてきた「逆転の報徳」というチームカラーは、いまも私たちのチームにしっかりと息づいている。

野球に限らず、あらゆるスポーツで逆転というものはよく起きる。高校野球でも、逆転劇はよく目にするシーンだ。本校は、1961年に「逆転の報徳」と報道されたことで「報徳は終盤に強い」という印象が世間に広く知れ渡った。その後も先述した早実戦をはじめ、現在まで幾多の逆転劇を本校は演じてきた。そのたびにメディアから「逆転の報徳」と報道され「逆転」という言葉は報徳の代名詞になったのだ。

うちの選手たちは入学後、試合で一度でも逆転勝ちを体験すると「あ、〝逆転の報徳〟はこれか」と理解する。そして、そういった試合を何度か経験していくうちに、チーム全体が「俺たちは逆転できる」とまるで暗示にかかったかのようになり、劣勢にあっても弱気になることはなく「うちは大丈夫」と選手たちが妙な落ち着きを見せたりもする。この思い込みの力はとてつもなく大きく、これまでに何度も勝利をたぐり寄せてくれた。

「逆転の報徳」が広く認知されるようになり、うちが逆転して勝つと対戦相手の監督さんから「さすが〝逆転の報徳〟ですね」と言っていただくこともある。まわりのチームが「逆転の報徳」と意識してくれるのは、私たちにとって有利以外の何物でもない。これまでも、相手チームが勝っているのに終盤になって急に浮き足立ち、相手のミスによってうちに勝利が転がり込んできたことが何度もある。「報徳に勝てる」と意識した瞬間に、相手チームは過度なプレッシャーを感じ、緊張状態となって普段のプレーができなくなってしまうのかもしれない。

試合の終盤に強さを発揮するには、普段の練習からプレッシャーに慣れておく必要がある。だから、私たちはノックでも「捕れるか捕れないか」というギリギリのところに強い打球を打ち、球際に強くなってもらうよう鍛えている。また、どんなに疲れていたとしても、ノックの最後の一本こそしっかり捕るという意識を強く持って取り組むようにしている。これら以外にも「逆転の報徳」を実現すべく取り組んでいる練習はたくさんあるが、すべては最後まであきらめない強い気持ちを育むためである。こうして私たちは「逆転の報徳」の精神をつなぎ続けているのだ。

恵まれた環境になくても強いチームは作れる
——報徳にはなぜ優秀な人材が集まってくるのか

「はじめに」でも少し触れたが、本校野球部には専用のグラウンドがない。校舎に隣接する校庭を野球部、ラグビー部、サッカー部の共用で、譲り合いながら使用している。それぞれ、中等部にも部活があるのでチーム数でいえば6チームの共用となる。

私たちがフリーバッティングをしているときは、ラグビー部やサッカー部は端に寄って気をつかってくれる。だから、逆にラグビー部やサッカー部が試合をしたり、全面を使って練習したりするときは、野球部が黒土の内野エリアをメインに、校庭の一番端で練習を行っている。

室内練習場は一応あるが、外壁もなく打撃用2レーン程度の広さしかないので、とてもではないが100名を超える野球部全員で練習を行うことはできない。強豪私学には用意されていることも多い野球部専用のバスもないので、遠征に行く際は観光バスを貸し切るか、近場なら各自現地集合という形を取っている。

昨年までは、空き教室の床にマットを敷いて「トレーニングルーム（ウエイトルーム）」としていた。そんな簡易なトレーニングルームを、2024年にオリックス・バファローズに入団した堀柊那が床を全面張り替えるなどして、きれいなウエイトルームにしてくれた。

このような環境なので、雨が降れば屋根のある駐輪場が私たちのメインの練習場所となる。

「報徳はさぞかし練習環境も整っているのだろう」と思われている外部の方々にうちの練習環境を話すと、大抵の方は「本当ですか⁉」「それなのによく毎年のように甲子園に出られますね」と驚かれる。

「恵まれない環境で強いチームを作るのは大変でしょう」とも言われるが、私自身いまの状況を「恵まれない」とはまったく思っていない。本校の各部活動は創立以来、ずっと譲り合いながらグラウンドを使用してきた。陸上部は駅伝で何度も全国制覇をしているし、ラグビー部は毎年のように花園に行っている。サッカー部も県大会では常に上位に食い込む強豪である。い

野球部専用のグラウンドはなく、校舎に隣接する校庭を野球部、ラグビー部、サッカー部が共用

三塁側に設置された、外壁のない打撃用２レーン程度の広さの室内練習場

空き教室を利用したトレーニングルーム

までは、このような環境にあっても「強い」のが、本校の各部活のウリにもなっている。人数も多く、場所も時間も限られている本校野球部が、なぜコンスタントに甲子園出場を果たしているのか？

このことに関しては、具体的な練習内容や指導法なども含めて、のちに本書で詳しくお話ししていきたいと思う。ここではただ一点、報徳に優秀な選手が集まってくる理由をご説明しておきたい。

日本高野連の規定により「特待生は1学年5人まで」と決められているが、うちでは例年3～4人しか獲っていない。それなのに、なぜ優秀な選手が集まってくるのか？

それは、在校生、ＯＢすべての「報徳愛」がものすごく強いからだ。ＯＢは卒業後も母校を愛し、惜しみない協力をしてくれる。「兄弟で報徳」というのはもはや当たり前で「親子で報徳」「親子三代で報徳」というＯＢも多い。私自身にも息子がおり、まだ幼いがいずれは報徳に入れたいと考えている。

学校のスクールカラーが緑色なので、報徳のＯＢは緑色の財布や手帳を持っていたりする。私の財布も緑色だ。ＯＢはこのように、みんなが御守りのように緑色のものを身につけたり携帯したりしているのだ。

男子校である本校は、報徳精神に則って文武両道の姿勢をしっかり貫いている。野球部も例外ではなく、部活動だけでなく勉強もちゃんとやらせている。生徒間や、教師と生徒の間も関係性が良好で協調性もある。各部活動の枠を飛び越えてみんな仲がいいので、グラウンドを共用していても譲り合いが生まれる。運動部すべてが「チーム報徳」として一致団結しているのだ。このような本校ならではの特色は、私が現役だった頃からまったく変わっていない。学校にいるみんなにとって「報徳学園」がとても居心地のいい場所となっているのである。

私が担任していたクラスからJリーガー（坂元一渚璃）が誕生したこともあるし、野球部からは広島カープの小園海斗や先述した堀、さらには２０２４年に阪神タイガースからドラフトで2位指名された今朝丸裕喜のように、プロ野球選手も多く輩出している。ラグビー部でもオールジャパンに選ばれる選手がいるし、トップレベルの世界で活躍する生徒が身近にいて、お互いを高め合える環境にある。だからこそ、在校生もOBも報徳を誇りに感じているのだ。

母校を愛する気持ちにあふれたOBが多く、OB間の縦のつながりや横のつながりも密であることから、優秀な人材がいればそういったOBたちから随時情報が入ってくる。このような報徳の校風と「報徳魂」を胸に母校を愛するOBたちの協力体制が整っているからこそ、優秀な選手たちが本校野球部に興味を持ち、集まってきてくれるのである。

2017年、センバツベスト4の直後に監督就任
――夏の県大会では強気の攻めが裏目に出て準決勝で敗北

2017年4月、私は前任の永田監督から引き継ぐ形で監督に就任した。このとき私は36歳だった（監督に就任するまでのいきさつは第3章で詳しくお話ししたい）。

就任直前の3月、私は部長として永田監督とともにセンバツに出場し、ベスト4という成績を収めた。このときの代は、前年秋の新チーム発足段階ではそれほどの力を持っていたわけではなかった。しかし、選手たちは秋の大会を戦う中でたくましくなり、エースの西垣雅矢の成長とともにチーム力を高めていった。

就任直後の春の大会もチーム状態は良好で、監督になりたての私も思い切った起用や采配が可能となり、結果的には県で優勝することもできた。

それにしても、いま思い起こせば、この大会では好投手を擁するチームが次々に我々の前に現れてきたものだ。初戦（2回戦）で対戦した西脇工のエースは、いま読売ジャイアンツのクローザーに君臨する翁田大勢投手だった（7－1で勝利）。その後の準々決勝で対戦した市立西宮には、北海道日本ハムファイターズのリリーフとして活躍中の山本拓実投手がいた（2－

1で勝利)。

ちなみに、2024年のドラフトではうちの今朝丸のほか、中日ドラゴンズから1位指名を受けた関西大の金丸夢斗投手が市立神港橘の出身であるし、神戸弘陵の村上泰斗投手は福岡ソフトバンクホークスから1位指名を受けている。

このように激戦区・兵庫には、毎年レベルの高い投手がひしめいているので、一戦たりとも気が抜けないのである。

話を戻そう。「西垣が投げれば勝てる」といういい状態のまま、私たちは夏の大会を迎えた。もちろん、本校は優勝候補の筆頭に挙げられていたのだが、残念ながら準決勝で神戸国際大付に1－2で敗れた。「1点差の負けは監督の責任」とよく言われるが、この敗戦はまさしく私の責任だといっていい。私の采配ミスによって、3年生たちにはつらい思いをさせる結果に終わってしまった。

「守り勝つ野球」がベースにある報徳は、ロースコアの接戦をものにするのが得意なチームだ。しかし、私は春の大会から「攻撃的なチーム」を求めていた。そして春に優勝したことで、その傾向が夏の大会でより強くなってしまった。

永田監督のもとでコーチ、部長として14年間学んでいたので「報徳野球」をそれほど大きく変化させたわけではないが、就任1年目ということで「自分の色も出さなければ」と私自身に焦りがあったのかもしれない。永田監督はノーアウトでバッターが出塁すれば、迷わず送りバントを用いる人だった。しかし、私はこの夏の大会では強気の攻めをすることが多く、それがこの準決勝でことごとく裏目に出た。この代に関しては「最後まで永田監督の野球を継承してもよかったのかもしれない」と反省している。

2018年夏、8年ぶりに夏の甲子園に出場
——1番・小園海斗、エース・渡邊友哉、主役の活躍で久しぶりの聖地へ

監督2年目となる2018年夏の大会は「第100回全国高校野球選手権記念大会」ということで、兵庫は東西に地区が分けられ、それぞれから代表が選出された（本校は東兵庫大会に出場）。

県大会では、準々決勝（対長田）、準決勝（対神戸国際大付）ともに1点差の大接戦を制して私たちは勝利を収めた。

決勝の市立尼崎戦は、うちのエース左腕・渡邊友哉と市立尼崎のエース・竹中哲平投手が投手戦を繰り広げ、4回までともに無得点。でも、このような1点を争うロースコアの展開は、私たちが本来もっとも得意とするところである。5回裏に2点を先制すると、渡邊はそのまま

相手打線を完封（渡邊は準々決勝の長田戦に続く完封勝利だった）。主軸の小園などの活躍もあって、私たちは8年ぶりに「夏の甲子園」への切符を手にした。県内で最多となる15度目の夏の優勝だった。

実はエースの渡邊は、その前年まで肘痛などでまったく実力を発揮できずにいた。私はその原因が体の硬さから来ていると思い、保護者の了承を得て、彼を初動負荷理論に基づいたトレーニングを行っているワールドウィングというジムに通わせることにした。

すると、渡邊は春から夏にかけて大きく成長し、肘の痛みもまったく訴えないようになった。完封勝ちした長田戦では、彼がポテンヒットを打って入れた1点を自ら守り切っての勝利である。東兵庫大会で優勝できたのは渡邊の成長と、エースを支えるリリーフ右腕の木村勇仁の存在、さらには2年生でベンチ入りした左腕・林直人が滝川二戦、神戸国際大付戦で先発していいピッチングをしてくれたのが大きかった。

あの夏の大会を振り返ると、一番のポイントは4回戦、4－2で勝利した滝川二戦だと思う。その年の春の大会で、私たちは滝川二に初戦（2回戦）敗退を喫していた（渡邊が踏ん張り切れずに1－2で敗戦）。思いっきり勝ちに行っての力負けである。試合後の選手たちは「春の大会でこんなに泣くか」というくらいの落ち込みようだった。

この敗戦をきっかけに、選手たちは目の色を変えて練習に取り組むようになった。そして夏の大会の4回戦で、春の屈辱を晴らす機会が巡ってきた。小園はバックスクリーンに叩き込むホームランを放つと、その後も俊足を生かして決勝点となる追加点に絡むなど、主力としてその役割を十二分に果たしてくれた。こうして私たちは東兵庫代表として、8年ぶりに夏の甲子園に出場できることになったのだ。

8年ぶりの甲子園の裏にあったもうひとつの物語
──「稲葉悠のために」

前項でお話しした2018年夏の大会の直前、私たちは三田松聖と最後の練習試合を行った。この試合でサードの稲葉悠が、自打球を当てて左足を骨折してしまった。稲葉は2年生の秋から、サードのレギュラーとしてメンバー入りしていた。3年の夏までケガもなく、チームの勝利に一番貢献してくれていたのは稲葉である。そんな主軸のケガは、チームにとって大きな痛手だった。

稲葉は人間性にも優れていたため、チームメイトからとても愛されていた。夏の大会は「稲葉のために」が合言葉になった。甲子園に行き、甲子園でもベスト8以上になれば秋の国民体育大会に出場できる。秋になれば、稲葉のケガも治って試合に出られると選手たちは考えた。

選手たちは「甲子園ベスト8、そして稲葉を国体に連れて行く」と一致団結して夏の大会を戦い抜いてくれた。結果として私たちは甲子園でベスト8進出を果たし、国体にも出場した。もちろん国体では稲葉がスタメンとなった。

この夏の大会では、稲葉の代わりに、控えだった2年生の大崎秀真をサードに入れた。すると、急遽代役で入れた大崎が大活躍することになる。

大崎は、サードでファインプレーをいくつも見せてチームを救っただけでなく、俊足だったので9番打者として小園の前に出塁し、多くの得点に絡んでくれた。大崎と小園の活躍で勝利した滝川二戦で、私たちのチームに「この流れで行けば優勝できる」というムードが生まれた。前項でもこの試合の意味をお話ししたが、夏の大会での流れを決めてくれたのがこの滝川二戦だった。

2018年夏の甲子園の戦績は、次の通りである。

2回戦　聖光学院　3－2　○
3回戦　愛工大名電　7－2　○
準々決勝　済美　2－3　×

初戦の聖光学院戦では、小園が夏の甲子園タイ記録となる「1試合3二塁打」を記録。3得点はいずれも小園が出て、2番の村田琉晟がバントで送り、3番の長尾亮弥が還すという同パターンが続く珍しい得点の入り方だった。

3回戦の愛工大名電戦は、金村さんたちが優勝したとき（1981年）以来の対戦として注目された。当時の名電のエースは、プロ野球で224勝を挙げて名球界入りしている工藤公康さん（元・福岡ソフトバンクホークス監督）である。金村さんたちはそんな名投手から3点を奪い、3－1で勝利していた。

名電に勝てば「稲葉のために」と選手たちが目標にしてきたベスト8進出を果たすことができる。だがこの日、小園は微熱があって本調子といえる状態ではなかった。しかし、先発の林や下位打線が機能して見事にベスト8進出を決めてくれた。続く準々決勝では済美に敗れたものの、私たちは稲葉との約束を果たすことができたのだ。

国体は10月に福井で行われ、私たちは初戦で浦和学院と対戦した。試合は3－4で敗れ、9番・サードで出場した稲葉も3打数無安打に終わったが、試合後は「最後にみんなと野球ができて楽しかったです」と笑顔を見せてくれた。

「稲葉のために」とひとつにまとまり、快進撃を続けた2018年は、私の指導者人生の中でも思い出深いシーズンとなった。稲葉をもう一度グラウンドに立たせてあげることができて、本当によかったと思っている。それもこれも、すべては「稲葉のために」を掲げてがんばってくれた選手たちのおかげである。

指示待ち選手たちの意識を変えた「雨のミーティング」

2018年夏の甲子園ベスト8以降、私たちはなかなか聖地に辿り着けずにいた。センバツ出場をかけた同年秋の近畿大会では、準々決勝で明石商に完封負けとなり、センバツ出場の6枠に入ることができなかった。

翌2019年は夏に3回戦で加古川西に敗れ、秋の大会は2年連続で近畿大会に進むも、1回戦で天理に1－7の大敗を喫した。

2020年はコロナ禍で甲子園に通じる大会はなく、2021年は力のある選手が揃いながらも、夏は準決勝で神戸国際大付に、秋は3回戦で東洋大姫路にそれぞれ敗戦。私の力不足により、この年も目標である甲子園には行けなかった。

子どもの頃から高校野球やプロ野球を観戦するために甲子園へ通い、距離的にも本校から甲子園までは6キロほどと近く、私にとって甲子園は常に身近な存在だった。しかし、監督となって3年間甲子園から遠ざかると、10年も20年も甲子園に行けていないような気すらしていた。

報徳学園は、近畿圏を代表する名門である。「高校野球が好きだから」という情熱だけでは、監督など務まらない歴史が本校にはある。学校側もOBも、常に甲子園出場を求めている。現役選手や保護者のみなさんも、甲子園に行くために本校を選んで入ってきてくれている。そういった期待の中で、チームを甲子園に導けないことに私は強く責任を感じていた。

そして2022年の夏も、私たちは5回戦で明石商に1－2で敗れた。そこで、新チームとなって秋の大会に臨むにあたり、私は完全に決意を固めていたわけではないが「秋の大会で結果を残せなかったら去就を考えなければならない」と思っていた。

秋の大会では1回戦、2回戦と順調に勝ち上がり、3回戦で市立尼崎と対戦することになった。しかし、明石トーカロ球場で予定されていた試合が雨のために順延となった。球場から学校に戻ってくると、雨は小降りになっていた。私は「これなら練習できるな」と思い、コーチたちと一緒にグラウンドで選手たちが出てくるのを待っていた。

ところが、小雨が降っているからか、選手たちは一向に部室から出てこない。挙句の果てにひとりの選手が「今日はジャージでいいですか？」と聞きに来た。彼らは「雨が降っていてグラウンドは使えない。駐輪場やトレーニングルームでの練習になるからジャージでいいだろう」と判断したのだと思う。

私もコーチたちも選手たちの甘い考え方に呆れ果ててしまい、指導陣だけでグラウンド整備を始めた。すると、彼らもさすがにまずいと思ったのか、少しずつグラウンドに姿を現し始めた。しかし、ここで雨が再び強く降り出した。グラウンドにいた選手たちは私たちに何も確認することなく、部室へと戻っていく。ここで私の堪忍袋の緒が切れた。

「全員、出てこい!!」

私は選手たちを守備につかせ、ノックを始めた。雨はどんどん強さを増していったが、そんなのはお構いなしに私はバットを振り続けた。そのうち、グラウンドのあちこちに水たまりができてきたので「これ以上やるのは危険だ」と判断してノックをやめた。だが、私の怒りが収まることはなかった。そのまま雨の中、選手たちを集めて私はこう言った。

「お前らが自分の意志で動いたのは、雨が強まって部室に戻ろうとしたときだけや。それ以外は全部俺からの指示待ち。そんなんで秋の大会で勝っていけるんか?」

その後、私はぬかるむグラウンドに選手たちを座らせて、1時間以上ミーティングという名の説教をした。

順延となった市立尼崎戦は4−2で勝ったが、内容は不甲斐ないものだった。でも私は、選手たちを怒りも叱りもしなかった。選手たちは「雨のミーティング」によって、これから自分たちがどうしていかなければならないかを理解してくれたのだろう。この市立尼崎戦以降、選手たちの行動や練習への取り組み方が見違えるように変わった。練習中も私やコーチからの指示を待つことなく、自発的に準備して動く選手が日を追って増えていったのだ。

主軸の復調で6年ぶりのセンバツ出場が決定
――しかし近畿大会決勝戦で大阪桐蔭・前田悠伍投手に3安打完封負け

続く準々決勝の相手である滝川二には、その翌年のドラフト2位で東北楽天ゴールデンイーグルスに指名された坂井陽翔投手がいた。1年生の秋からエースだった坂井投手の存在は、兵庫では広く知れ渡っていた。そんな好投手を相手に、私たちは4－0で勝つことができた。

市立尼崎戦から1週間しか経っていなかったが、選手たちは「こういう準備をして、こういう練習をして、こういうふうに気持ちを高めていけば、自分たちでもこんなにいい野球ができるんだ」と実感してくれたようだった。市立尼崎戦と滝川二戦が契機となって上昇気流に乗った私たちは、秋の県大会で久しぶりに優勝を飾ることができた。

そもそも、この代は全体的に自発性に欠ける部分があり、新チームが立ち上がったときもキャプテンがいなかった。普段は私を含めた指導陣で話し合い、引退した上の代の選手たちの意見も取り入れて、最終的に私がキャプテンを指名していた。ところが、みんなで意見を出し合っても「こいつならキャプテンを任せられる」という結論には至らなかった。そこで、私が監督となってから初めて、キャプテンを選手間投票で選ぶことにした。そして、その結果選ばれたのが、キャッチャーの堀柊那だった。

堀は、みんなの先頭に立ってチームを引っ張っていくというタイプではなく、自分の背中で、プレーで、周囲の選手たちにいい影響を与えていくタイプの選手である。堀自身もそれはよく理解していて、キャプテンをしたいとはまったく思っていなかった。しかし、最終的に堀が選ばれたため、彼にキャプテンを任せることにしたのだ。

高校生は、ちょっとしたことがきっかけで大きく変わる。高校野球では、新チームとなったばかりの秋の大会はどのチームも不安定な状態にあり、試合を重ねながら成長していくものだ。うちの選手たちも市立尼崎戦、滝川二戦と非常に濃厚な1週間を経て、心技体すべての面で強くなってくれた。いま振り返っても、あの1週間、あの2戦が大きな分岐点だったように思う。

私は監督となってから、3度目の秋季近畿大会に臨むことになった。まさに「3度目の正直」となるかという大会であり、私の中では〝けじめ〟の大会でもあった。「結果が出なければ、それなりの責任を取らなければならない」という強い覚悟を持って、私は近畿大会に臨んでいったのだ。

1回戦の相手は箕面学園だった。永田監督のもとで指導をしていた時代に2度、そして監督になってから2度の計4度、私は秋の近畿大会を経験していた。センバツ出場のかかった近畿大会の初戦は、夏の県大会の決勝戦と同等か、あるいはそれ以上の異様なプレッシャーと空気感に包まれる。

しかし、不思議なことにこの箕面学園戦では、選手も私も「あれ？　これが近畿の初戦か？」と思うほどに、リラックスして試合に入ることができた。県大会からのいい流れが、そのまま続いていたのだろう。選手たちも試合中に「いつも通り、いつも通り」と、声をかけ合っていたのをよく覚えている。自分たちの力を発揮した私たちは、11－0のコールド勝ちで初戦を突破した。

県大会の時点では、主軸である3番の堀と4番の石野蓮授が不調で、その代わりに下位打線の林純司や竹内颯平が仕事をしてくれて、勝ち進むことができた。そしてこの箕面学園戦では、打つべき主軸がしっかりと役割を果たし、石野はホームランも放った。

もちろん県大会、近畿大会を通じて、投手陣ががんばってくれたからこそ勝ち上がれたというのは言うまでもない。エースの盛田智矢と1年生の間木歩、今朝丸裕喜の3人が3本柱としていいピッチングをしてくれた。ただ、今朝丸はまだこの時点では、盛田と間木ほどの安定感はなかった。

近畿大会の2回戦（準々決勝）は、センバツ出場のかかった大事な一戦である（近畿枠は6つあり、ベスト4に入ればセンバツ出場がほぼ確定する）。しかもこのときの相手は、大阪2位の強敵、履正社だった。私は、先発をエースの盛田に任せることにした。

ところが、重要な一戦の先発を託したその盛田が3回くらいから足を軽く攣り、まったくボールが行かなくなってしまった。急遽リリーフに間木を送ったが試合は乱打戦となり、石野が2試合連続となるホームランを打ってくれるなどして、9－6で何とか勝つことができた。

結果を残せなければ、辞する覚悟を持って臨んだ近畿大会だっただけに、センバツ出場の当確ランプが灯ったことで私は安堵した。選手たちにも「よくやった」と褒めてあげたかったが、心の底から喜べるような勝ち方ではなかった。

どちらに転んでもおかしくない試合にしたのは、途中降板した盛田である。試合後、私は「エースにすべてを託して先発を任せたのに、チームの足を引っ張るとは何事だ」と盛田を叱った。するとその日以降、盛田は以前にも増してランメニューを自らに課し、きつい練習をこなすようになった。

準決勝の智辯和歌山戦は、甲子園出場がほぼ決まっていたこともあり、いま一歩伸び悩んでいた今朝丸に先発を任せようと事前に決めていた。試合の直前に、盛田が「僕にもう1回チャンスをください」と言ってきたのだが、今朝丸の成長も促したかったので予定通り先発は今朝丸にした。

今朝丸は初回に3失点したものの、そのあとを受けた間木と盛田が好投し、さらに4番の石野が3試合連続となるホームランを打つなどして9－5で勝利した。

決勝戦は絶対的エース・前田悠伍投手（福岡ソフトバンクホークス）を擁する大阪桐蔭だった。この代の大阪桐蔭は、例年に比べると打線にそれほど迫力はなかったので、盛田と間木ががんばってくれればいい試合ができると踏んでいた。

ところが、蓋を開けてみれば前田投手に手も足も出ず、0－1の3安打完封負け。「打倒・大阪桐蔭」は選手たちにずっと言い続けてきたことでもあるので、私自身、非常に悔しい敗戦となった。選手たちも前田投手に屈し、相当に悔しかったようだ。そして、このときに味わった屈辱がシーズンオフの練習で生かされ、センバツでの飛躍へとつながっていく。

「打倒・桐蔭、打倒・前田」

前項でお話しした近畿大会決勝での前田投手は、単にいいボールを投げるだけではなく、フィールディングもいいし、牽制などの小技もうまかった。当時のうちの1番から3番までは俊足が揃っていたので、出塁すれば足でかき回すのが私たちの常とう手段だった。しかし、前田投手の牽制が巧みなことから、うちの機動力が封じ込まれてしまった。

前田投手はランナーを出してからのピッチングが巧みで、高校生離れした投球技術を持っていた。出塁したランナーはベースに釘づけにされて、エンドランをかけてもみんな逆を突かれていた。

センバツ出場をほぼ手中にし、私たちはもちろんうれしかったが、大会後はそれ以上に大阪桐蔭戦で報徳らしい野球がまったくできなかった悔しさが残った。そこから選手たちは「日本一になるには前田を倒すしかない」と思うようになったのだろう。シーズンオフに「打倒・桐蔭、打倒・前田」を掲げ、それぞれがテーマを持って必死に練習に取り組むようになった。

冬は日が暮れるのが早く、日没後には私たちはバックネット側に向かってバッティング練習を行う(ラグビー部やサッカー部が大会シーズンで、校庭を大きく使って実戦練習をするため)。バッティング練習は、ピッチャーのマウンド付近からバックネット側に向けて打つ。だから内野の一塁、二塁、三塁のあたりは空きスペースとなる。そこで私たちは、その空いたスペースで走塁の練習を毎日徹底して行った。もちろん、前田投手を意識してのことである。

礒野剛徳部長が前田投手の牽制を研究して「仮想・前田」として練習台になってくれた。礒野部長は大変器用な人で、右投げなのに左投げの前田投手の牽制を見事に真似て、練習台になってくれたのだ。

また、選手たちの走塁の考え方として「行こう、行こうとするのはやめよう」と意思統一を図った。もちろん、次の塁を狙う基本的な意識は変わらないのだが、前田投手のように牽制が巧みな投手の場合には「一旦戻る」という感覚を持つことが重要である。盗塁だけではなく、送りバントやエンドランなどのときにも、ランナーが逆を突かれたら何もできなくなってしまう。そうならないよう、まずピッチャーがモーションに入ったら半歩戻り、そこから牽制が来ないとわかったら進行方向にシャッフルするやり方のほか、いろいろなパターンを想定して走塁練習を行った。

前田投手はストレートに加え、スライダーやチェンジアップのキレも抜群だった。だから、バッターは見逃せばボールなのに、めに来たスライダーやチェンジアップに手を出してしまうことが多かった。

ただ、当時の前田投手は意外に抜け球も多く、右打者なら真ん中から外、アウトハイのあたりに抜けたボールがよく来ていた。そこで、私は選手たちに「目付けを高めにしよう。とくに右打者のアウトハイに抜けて入ってきたボールは、ストレートでも変化球でも逃さず打っていこう」と指示を出してバッティング練習を行った。低めを意識するあまり、高めの甘い球を見逃してしまうことがないよう、目付けを高めにすることを徹底したのだ。これは前田投手に限らず、好投手を攻略する際の最重要課題だといえる。

実際、2023年センバツの準決勝で大阪桐蔭と対戦した際、リリーフで登板してきた前田投手は前年秋と変わらず、高めのゾーンに入ってくる投球が多かった。試合内容に関しては後述するが、大阪桐蔭にリベンジを果たせたのは、シーズンオフの徹底した「高め対策」が功を奏したといっていい。

2023年春、6年ぶりのセンバツで快進撃

「打倒・桐蔭、打倒・前田」を掲げ、ひと冬しっかり鍛えた私たちは、万全の状態で2023年のセンバツに臨んだ。

初戦（2回戦）の相手は健大高崎だった。前年秋の健大高崎の戦いぶりを見たところ、エースの小玉湧斗投手が長いイニングを投げてくるであろうと予想できた。そこで私たちは、終盤まで粘り強くロースコアで戦おうとゲームプランを立てた。しかし、この日の小玉投手は調子があまりよくなかったようで、私たちが幸いにも序盤に5得点して楽な展開となり、7－2で勝利を収めることができた。

続く3回戦の相手である東邦とは前年夏、新チームになったばかりの頃に練習試合をして0－5で完敗していた。そのとき登板したのは今朝丸である。あの頃の今朝丸は、まだまだ発展途上で良いときと悪いときの波がとても激しいピッチャーだった。東邦との練習試合では初回

から打ち込まれ、4回か5回くらいまで投げさせたがフラフラの状態だった。だから東邦としても、今朝丸が先発をしてくるとはきっと予想していなかったと思う。しかし、今朝丸もひと冬を越え、心技体ともにたくましく成長していた。盛田、間木も後ろに控えていたので、私は「行けるところまで今朝丸で行こう」と彼に先発を託した。

試合前日、今朝丸に「明日、先発で行くぞ」と伝えると、表情をまったく変えることなく「はい」と答えた。彼は緊張したり、気合が入りすぎたりすることが普段からあまりなく、いつも飄々《ひょうひょう》としている。でも内には秘めた強いものがあり、黙々と努力を重ねるタイプの選手だ。そういう意味では、今朝丸はピッチャー向きの性格だし、プロにも向いているといえるだろう。

そして、今朝丸は私たちの期待に応え、東邦打線を3回まで0点に抑えてくれた。東邦の選手たちも「去年の今朝丸とは違う」と思ったはずだ。試合は接戦となり、4－4のまま延長戦に突入した。

ゲームは今朝丸、間木と継投して9回からエースの盛田を登坂させた。盛田の球威は10回に入っても衰えず、犠打で1アウト・ランナー二三塁とされたが、バッターのインサイドを強気に攻めてそのあとを無失点に抑えてくれた。ピンチのあとにチャンスあり。裏の攻撃で私たちは1アウト満塁となり、西村大和がサヨナラタイムリーを放って試合を決めた。

3回戦に勝利した私たちは、準々決勝に進出。その相手こそ、前年夏に全国制覇を成し遂げた仙台育英だった。

前年夏に日本一となった仙台育英と対戦

2022年夏、甲子園で仙台育英と下関国際が決勝戦を戦い、仙台育英が東北勢として悲願の初優勝を飾った。須江航監督が優勝インタビューで残した「青春って、すごく密なので」というコメントも印象的だった。

実は、私たちはこの決勝戦をチームの全員（選手、指導者）で甲子園に観戦に行っていた。2018年夏の甲子園以来、私たちは甲子園から遠ざかっていた。甲子園を知らない（行ったことがない）世代が出ないよう、少なくとも3年に1度は甲子園に行くのが私たちのひとつの目標でもある。しかし、私たちは4年ほど甲子園に辿り着けずにいた。そこで、礒野部長が「甲子園を意識するためにも、決勝戦を見に行きましょう」と発案してくれたので、私たちはキャプテンの堀をはじめとする新チームの1・2年生を連れて決勝戦を見に行ったのだ。

あのときの仙台育英には、2年生も多くベンチ入りしていた。堀たちは同学年の選手が甲子園で躍動する姿を見て「俺たちもここでプレーするんだ」「仙台育英を倒さなければ日本一にはなれない」と大いに刺激を受けたようだった。

そして、堀たちは新チームが立ち上がる際「〝一〟へのこだわり」をスローガンに掲げた。一球目、一打、日本一など、とにかく「一」にこだわってやっていこうと彼らが決めたのだ。夏の甲子園決勝、目の前で日本一となった仙台育英の試合を見て、その仙台育英とのセンバツでの対戦。私たちはどこか運命的なものを感じていた（まあ私たちが勝手に意識していただけなのだが……）。

対戦前に集めた情報では、仙台育英は投手層が厚く盤石であるのに対して、春以降は打線がそれほど活発ではないとのデータを得ていた。

150キロ超の好投手ばかりが揃っている仙台育英を打つには、目付けが大事だと私は考えた。そこで、大阪桐蔭の前田投手対策で培った「高めの目付け」をこの試合でも選手たちに徹底させることにした。

ひと冬続けてきた前田投手対策の成果か、私たちは仙台育英の好投手から序盤に3点を先制することができた。私はいい流れのまま試合を展開しようと、先発の間木からエースの盛田へと早めの継投策を用いた。しかし、その盛田が途中で肘の異状を訴えたため、8回から急遽今朝丸を登坂させざるを得なくなってしまった。

盛田はその前年に肘を痛めて、秋は少し出遅れていた。その肘痛が再発した感じだったので、私は無理をさせずに降板させた。一番怖いのはここで無理をさせて、夏に投げられなくなってしまうことである。だから私は迷うことなく、今朝丸への継投を決めたのだ。

今朝丸は、東邦戦のようにいいピッチングを見せてくれたが、9回表2アウトを取ってから平凡なフライをセンターがエラー。この試合は途中からナイターとなり、センターは慣れない照明のためにボールを見失ってしまったようだ。このミスなどにより9回に2失点して私たちは同点に追い付かれ、裏の攻撃でも得点することができず、嫌な流れのまま延長戦へと入っていった。

延長タイブレークの10回表、タイムリーを1本打たれて1失点したものの、そこから今朝丸はよくしのぎ、追加点を許さなかった。

10回裏、仙台育英の守備にミスが出てうちはすぐに同点に追い付く。その後、2アウト満塁となって、この日これまで5打数ノーヒットだった山増達也が打席に立った。山増は2ストライクから意地のサヨナラタイムリーを放ち、私たちは逆転勝利で2017年のセンバツ以来6年ぶりのベスト4入りを決めたのだった。

3回戦の東邦戦、準々決勝の仙台育英戦と2試合連続で私たちは延長タイブレークをサヨナラで制して、その勢いのまま準決勝の大阪桐蔭戦に臨むこととなった。

大阪桐蔭・前田悠伍投手と再び対戦

準決勝の相手である大阪桐蔭は前年のセンバツ覇者であり、2連覇がかかっていた。私たちにとっては、前年秋の近畿大会決勝で受けた、3安打完封負けの屈辱を晴らす絶好の機会である。選手たちがひと冬がんばってきた成果が出るのかどうか。私としても、報徳学園野球部の大先輩である西谷浩一監督を、甲子園で倒したいという思いをずっと持っていた。私は自他ともに認める負けず嫌いだ。だからこそ、名のある大先輩、名のある強豪校である大阪桐蔭には絶対に勝ちたいと思って試合に臨んだ。

必勝を期して、私は先発をエースの盛田に託した。しかし、彼は肘の状態が万全ではなかった。トレーナーからも「いまは一旦よくなっていますが、いつ仙台育英戦のような症状が出てくるかはわからない」と言われていた。ただ、大阪桐蔭のような強力打線を抑えるのに、盛田抜きでの継投は考えられない。だからといって、不安のある盛田を後ろに残しておくこともできない。手詰まりの状況になることだけは避けたかったので、私は「行けるところまででいいから」と、一番先に盛田を持ってくることにしたのだ。

大阪桐蔭の先発は前田投手ではなく、右の本格派である南恒誠投手だった。前田投手をずっとイメージしてやってきたので、ややすかされた感はあったが好投手である南投手の存在は当然知っていたし、ある程度の対策もしていたので私たちに戸惑いはなかった。

実は、南投手は兵庫県高砂市の出身で、私たちも熱心に勧誘した経緯があった。南投手は中学の軟式野球部でプレーしていたが、大阪桐蔭は基本的に軟式上がりの選手は獲らない傾向があった。しかし、南投手は大阪桐蔭に行くことになり、私たちとしても悔しい思いをしていた。そんな意味でも、この試合は私にとって負けられない一戦だった。

先発の盛田は3回表に大阪桐蔭打線に捕まり、途中から間木に継投するも計5点を失った。3回での交代は想定内だったが、5失点はさすがに多すぎる。

大阪桐蔭を相手に、序盤から5点のビハインドはきつい。ところが3回裏の攻撃で、うちに3連打が出てすぐに2点を取り返す。無得点で0－5のまま4回に進んでいたら、完全に大阪桐蔭のペースで試合は進んでいただろう。でも、2－5の3点差なら「まだ何とかなる」と思えた。「逆転の報徳」として、2戦連続で延長戦をサヨナラで制してきたことも私たちの大きな自信となっていた。

その後は両チームともにゼロ行進が続き、7回裏にノーアウト・ランナー一二塁のチャンスが、私たちに巡ってきた。バッターは7番の林純司。ここはバントで送るか、打たせるかで非常に悩んだ。

林はこの日、3安打を放っていた。センバツ初戦の健大高崎戦はスタメンではなかったのだが、代打で出したときに初球からいいスイングをしていたので、次戦の東邦戦からはセカンドのスタメンで起用した。すると、林はその東邦戦でホームランを打った。このように林が絶好調だったため、送るか、打たせるかで悩んだのである。

ノーアウト・ランナー一二塁の状態は、延長タイブレークに備えて普段からいろいろなパターンを練習していた。初球、私は林に送りバントを命じた（ストライクを見逃し）。すると、大阪桐蔭の一塁手と南投手がものすごいチャージをかけてきた。これでは相当うまく三塁側に転がさないと、バントは成功しない。そこで私は、1ストライクからヒッティングに切り替えた。

当時、うちではノーアウト・ランナー一二塁のバントの際の決め事を、いくつか作っていた。1ストライク目は三塁線沿いにファウルになってもいいから転がす。成功したらそれでOKだし、ファウルになったらピッチャー、一塁手など内野の動きを見ておく。そこで、相手の動きに応じて転がす方向を定め、2ストライク目も送りバントを試みる。2ストライク目の送りバントも失敗したら、バントはなしにしてヒッティングに切り替える。これが当時のうちのセオリーだった。

しかし、このときは1ストライク目の相手のチャージを見て、セオリーに則ることなくヒッティングに切り替えた。すると、2ストライクとなってからキャッチャーがパスボールをして、運よくノーアウト・ランナー二三塁となった。そして、センバツのラッキーボーイ的存在だった林が、3塁線に2ベースヒットを放って2点を追加。うちは4－5と1点差に詰め寄った。

ノーアウト・ランナー二塁となり、私はバッターの竹内にバントをさせた。すると、三塁手とピッチャーがお見合いをするような感じで、内野安打になった。ノーアウト・ランナー一三塁となって、バッターはピッチャーの間木だった。ここは何としても、同点に追い付いておきたいところである。私は代打に宮本青空を送った。すると西谷監督もここで動き、リリーフとしてエースの前田投手を出してきた。

私たちが倒すべき目標として掲げてきた前田投手がついに現われ、選手たちの士気がより一層高まった。球場全体が大変な盛り上がりを見せる中、宮本が振り抜いた打球はレフトの前に落ち、三塁ランナーが生還。私たちは最大で5点あったビハインドを跳ね返し、ついに同点に追い付いたのだった。

近畿大会の雪辱を果たし「打倒・桐蔭」を達成
――キャッチャー・堀柊那の火の玉送球とナイスリード

8回表から、私は今朝丸をマウンドに送った。しかし、大阪桐蔭にはバットの振れている打者が何人もいたので、正直「打ち込まれてしまうのではないか……」という思いもあった。でも、私のそんな懸念をキャプテンであり、キャッチャーでもあった堀が吹き飛ばしてくれる。

1アウトから出塁したランナーが二盗を試みた際、堀は火の玉のようなストライク送球でアウトにした。私も長く高校野球に携わってきたが、ボールの軌道、球威ともに私が見てきた中でナンバー1のすばらしい二塁送球だった。ここで甲子園全体がさらに沸き上がり、報徳への応援がより大きくなった。今朝丸は続くバッターを見逃し三振に切って取り、私たちはこれ以上ないくらいのいい流れで裏の攻撃へと入っていった。

8回裏、1アウト・ランナー一塁の場面で4番の石野が打席に立つ。大阪桐蔭はここでタイムをかけて、マウンドにみんなが集まった。相手バッテリーは間ができたことで、落ち着きを取り戻すはずだ。ということは、タイムのあとはしっかりとストライクを取ってくるに違いない。ましてや前田君は制球のいいピッチャーである。ならばその最初のストライクを狙っていこう。私はエンドランがひらめき、石野に初球エンドランのサインを出した。

タイム明けの初球、石野のバットが一閃。痛烈な打球が放たれ、これがレフトオーバーの2ベースヒットとなり、一塁ランナーが生還して私たちは逆転に成功した。

この試合で初めてリードを奪い、その後2アウト・ランナー三塁となるも流れはまだうちにあった。6番の西村がセンターに抜けようかという内野安打を放ち、1点を加えて7－5となり、私たちは終盤で優位に立った。

そして最終回も、今朝丸－堀のバッテリーがしっかり締めてくれてゲームセット。私たちは前年秋の近畿大会決勝での雪辱を果たす勝利を挙げ、全国制覇した2002年以来21年ぶりとなるセンバツ決勝進出を決めたのである。

最終回、キャッチャーの堀は楽しんでリードをしているように見えた。普通であれば、あのような緊迫した場面で、キャッチャーは「早くこの試合を終えたい」と思うものだ。試合の終盤に大逆転がよく起こるのは、往々にして勝ちを急ぐことに起因している。でも堀は急ぐことなく、余裕のあるリード、配球をしていた。今朝丸は真っ直ぐだけで空振り三振が取れるピッチャーではない。彼の持ち味である緩いカーブがあってこそ、真っ直ぐが生きる。大阪桐蔭戦の終盤は、ピッチャーのよさを引き出そうとする堀のリードが光った。

堀のようにバッティングのいいキャッチャーは、配球においてどうしてもバッターの裏をかきたがる傾向がある。バッターの心情がよくわかるからこそ、バッターの嫌がるリードをしたくなるのだろう。しかし、私は堀に「ピッチャーを最優先にした配球を考えろ」と言い続けてきた。バッターの嫌がるリードは、ピッチャーの立場からするとしんどい配球になることのほうが多い。堀も報徳に入ってきた当初はそのような配球が多かったのだが、3年生となったこのセンバツではすばらしいリードを見せてくれた。堀の活躍なくして、大阪桐蔭へのリベンジは果たせなかったと思う。

王者として高校野球界に君臨する大阪桐蔭だが、私が指導者（コーチ、部長時代）となってからの戦績は2勝2敗、監督になってからも2勝2敗（甲子園で2勝、近畿大会で2敗）である。だから私たちとしては、大阪桐蔭を憧れではなくライバルとして捉えている。大きな舞台で対戦することが多いので、やはり西谷監督とは縁があるのだろう。

そもそも、私は強い者に立ち向かっていくのが大好きな性格だ。大阪桐蔭のような強豪と戦うときはそのようなメンタルでないと戦えない。また、2度同じ相手に負けるというのは自分の中ではあり得ない。負けにどう向き合い、成長していくか。私は仕事などでも、指摘されたことに対しては完璧にして返すようにしている。例えば、上司から「もらった資料のここがダメだから直して」と提出したものを突き返されたら、私は「2度、同じダメ出しは食らわんぞ」と要求以上のことをして返すタイプなのである。先に述べたように、私は根っからの負けず嫌いなのだ。

2023年センバツ準優勝
――決勝戦で山梨学院に敗退

前年夏の覇者・仙台育英、前年春の覇者・大阪桐蔭に連勝して辿り着いた決勝の山梨学院戦。「〝一〟へのこだわり」をスローガンに掲げてがんばってきた堀たちは「絶対に日本一になるぞ」と活気づいていた。

山梨学院の映像やデータはそれなりに集まっていたが、大会中ということもあってそれらをじっくり研究、検証する余裕はなかった。その代わり、山梨学院のエースである林謙吾投手の分析は外部コーチである浅田泰斗バッテリーコーチが睡眠時間を削って行ってくれていた。

ただ、ピッチャーの分析に関しては落とし穴があった。林投手のストレートは140キロ出るか出ないかというところだったのだが、見ていた映像と打席に立ったときの体感がまったく違ったようだ。うちのバッターはみな、キレのある林投手のストレートに押されていた。

盛田の肘の具合は思わしくなかったため、決勝の先発は間木に任せるしかなかった。うちの打線は林投手に押されがちではあったが、4回表に2点を先制する。だが、振り返れば、この先制が私たちの油断となってしまったのかもしれない。5回裏、間木が山梨学院の猛攻にあい

6失点（自責点5）。リリーフした今朝丸も1失点。この回だけでよもやの7失点となった。

2点を先制して、うちの選手たちは「いける」と思ってしまったのだろうか。相手が大阪桐蔭だったら、その油断は出てこなかったのではないかとも思う。前年秋、東海エリアのチャンピオンである東邦を破り、東北チャンピオンの仙台育英に勝ち、近畿チャンピオンであり明治神宮大会覇者の大阪桐蔭にも逆転勝ちを収め、私も含めてチームに「油断」というわずかな隙が生じていたような気がする。

これは大会後に聞いた話なのだが、大阪桐蔭に勝って日本一になったチームはあまりないらしい。確かに、王者・大阪桐蔭に勝利して安心してしまう気持ちは私もよくわかる。ピンと張り詰めた空気の中で、緊張感を保って何試合も戦い続けることは容易ではない。それが、心技体ともにまだ発展途上の高校生であればなおさらである。山梨学院も前年秋の関東チャンピオンであり、強いのは百も承知だった。しかし、全国屈指の強豪校を相次いで倒した私たちに、それまであった「チャレンジャー」の意識が薄らいでいたのは事実だ。

間木はそれまでのピッチングと同様、強気にインコースをどんどん攻めていった。でも、間木以上に山梨学院の打線が積極的だった。5回裏に7失点して以降、向こうに行った流れをこちらに戻すことが最後までできなかった。

5回裏、私は間木が5失点した時点で今朝丸へと継投した。もともと私は早め、早めの継投を心がけており、相手に流れが行ってしまう前にピッチャーを代えるのが常だった。しかし、このときはエースの不在と、もうひとりいた控えの星山豪汰の経験不足（このセンバツでの登板はなかった）、さらに今朝丸のことを私がいまひとつ信頼できていなかったことなどがあり、私の信念がブレてしまった。だが、私たちが立っていた舞台は、全国の頂点「甲子園の決勝戦」である。ある意味、賭けに出てでも勝負に行かなければならない場面だったと思う。

この試合が終わったあと、私は「真のエースを作らなければ」と強く感じた。3年生の盛田に加え、1学年下の間木、今朝丸という3本の柱がいたが、本当の軸となる「真のエース」にこだわっていかなければならないと山梨学院の林投手を見て悟ったのだ。闘争心を剝き出しにしてマウンドに立つ林投手を見て、古き良き時代の高校野球のエースを見た思いだった。

「一」にこだわってやってきたものの、センバツは準優勝に終わった。全国2位という結果はすばらしいものに変わりはないが、私たちには悔しさだけが残った。我が報徳はここまでの歴史の中で、甲子園の決勝に春2回、夏1回の計3回進出してすべて勝利を収めていた。今回が4回目の決勝進出だったが、本校の歴史上初めて決勝戦で敗れることになった。つまり、この準優勝が本校にとって初めての準優勝だった。後にも先にも、あれほど閉会式が長く感じたことはない。しかし、私たちは翌年のセンバツでも決勝まで進み、ここでも健大高崎を相手に涙を呑むことになってしまう。そのことに関しては次章で詳しくお話ししたい。

第2章

2年連続のセンバツ準優勝から学んだこと

春夏連続の甲子園出場を目指した2023年夏、好投手の前に屈す

春夏連続で甲子園出場を目指した2023年夏、私たちは県大会5回戦で神戸国際大付に2－3で惜しくも敗れた。

神戸国際大付の2年生エース・津嘉山憲志郎投手（福岡ソフトバンクホークス）を、私たちは最後まで攻略できなかった。春の大会の準決勝でも津嘉山投手とは対戦しており、そのときは3－2で競り勝っていた。しかし、津嘉山投手はしぶとさも持ち合わせたピッチャーで、ランナーを背負ってからが強い。ストレートは常時140キロ台後半を記録し、コントロールがいいのでバッターのインサイドを厳しく突いてきた。

うちの打線は早打ちさせられて、見事に津嘉山投手の術中にはまってしまった。ちなみに津嘉山投手は肘を痛め、この大会後に手術をした影響で3年生になってからの登板はない。それでも2024年のドラフトでホークスから育成7位指名を受けたのは、彼の能力の高さをプロも認めているからだろう。津嘉山投手のすばらしいピッチングを目の当たりにしたひとりとして、私も彼のプロでの活躍に期待している。

センバツで準優勝して「夏も甲子園」「目指すは日本一」と思ってがんばってやってきたが、結局甲子園には辿り着けずに私たちの夏は終わった。試合後、選手たちには「人生は良いことばかりではない」という話をした。人生は良いときもあれば、悪いときもある。その「悪いとき」にどう生きるか。そこからどうやって這い上がっていくか。そこにその人の真の人間性が現れるのだ。

仙台育英はこの年の夏の甲子園で2連覇を目指していたが、惜しくも慶應義塾に敗れて準優勝に終わった。須江監督は大会前から選手たちに「〝グッドルーザー（良き敗者）〟であれ」と言い続けていたそうだ。負けたと相手を妬むのではなく、称えることのできるチームでありたい。私も本当にその通りだと思う。

2季連続の甲子園出場はならなかったが、この代のキャプテンを務めた堀は本当によくがんばってくれた。

先述したように堀はリーダータイプではなく、本人も最初はキャプテン就任を嫌がっていた。堀にはやんちゃな部分もあるが、正義感が強く、誰とでも分け隔てなく接することのできるやさしい人間である。「弱きを助け、強きを挫く」を地で行くタイプだったので、人望があり、誰からも好かれていた。最初は私も「キャプテンが堀で大丈夫かな」と思っていたが、結果的には彼に任せて本当によかったと思っている。

堀は1年生から正捕手として、報徳の扇の要を担っていた。彼が2年の夏の県大会5回戦で私たちは明石商と当たり、延長11回を戦い1－2で敗れた。10回裏、1アウト満塁で3番の堀に打順が回ってきた。犠牲フライでもサヨナラの場面である。しかし、力んだ堀は大振りしてどん詰まりの内野フライに終わった。

試合後、堀は責任を感じてずっと泣いていた。先輩たちも心配するくらいの号泣だった。翌日の練習でも堀の表情は暗く、私は「ここまで責任を感じる人間だったのか」と初めて彼の責任感の強さを認識した。あの悔しさがあったからこそ、堀は大きく成長した。彼のキャプテンとしての原点は、あの夏の明石商戦にあったと思っている。

1年生の頃から堀を正捕手として使っていたが、その頃はまだ一人前ではなかった。しかし、技術と体力は光るものを持っていたので「堀はプロに行ける逸材だ」と感じていたのと同時に「彼をプロに行かせられなかったら、それは私の責任だ」とも思った。ちなみに堀の高校3年の時点でのデータは、身長1メートル79センチ、79キロ、50メートル走は6秒1、遠投は100メートル、二塁送球タイムは1・8秒台である。これらのデータを見ても、彼が身体能力的にも技術的にもとても優れていたことがよくわかる。

オリックス・バファローズでのルーキーイヤーとなった2024年は一軍出場こそなかったものの、ファームで72試合に出場して打率は2割5分4厘。キャッチャーとして15個の盗塁阻止を記録するなど、その強肩ぶりも存分に発揮していた。堀は性格上、熱くなりすぎるきらいがあり、高校時代はその熱さが空回りしてしまうこともあった。プロの一軍で１４０試合以上戦うのであれば、やはり冷静な視野がなければならない。「報徳魂」を忘れることなく経験を積み、成長した堀がプロの一軍で必ず活躍してくれるようになると私は信じている。

2年連続でセンバツ出場
――エースを目指し、今朝丸裕喜が奮起

堀たちの代が引退し、新チームのキャプテンはエースでもあった間木に任せることにした。間木は国公立・私立難関大を目指す「特進コース」に在籍しており、普段から文武両道を貫く彼の姿はほかの選手たちの模範にもなっていた。このような書き方をすると、近寄りがたいカリスマ的なキャプテン像をイメージする方もいらっしゃるかもしれないが、普段の間木はマイペースな人間で、誰からも愛される性格の持ち主だ。

ピッチャーは日々の練習において、野手とは別行動になることが多い。そうなると、野手が練習するグラウンドにも、ひとりキャプテン的な人間が必要だと考えた。そこで私は、間木を選手会長的なキャプテンとし、グラウンド内でのフィールドキャプテンを外野手の福留希空に

任せることにした。

間木と福留、このふたりがうまくチームを牽引してくれたこともあり、私たちは秋の近畿大会でベスト8に進出することができた。準々決勝では大阪桐蔭と当たって3－4で惜敗したものの、優勝した大阪桐蔭と接戦を演じたことが評価され、私たちは2024年のセンバツ出場校に選ばれた。

近畿大会の大阪桐蔭戦で先発したのは、今朝丸である。今朝丸は7回を投げて3失点。数字だけ見ればゲームを作ったと言えなくもないが、実際はまったく不甲斐ない、今朝丸らしくないピッチング内容だった。

本来の今朝丸は、相手が強ければ強いほど燃え上がるタイプなのに、この試合では置きに行く投球が多く、試合中もベンチの私をチラチラ見たり、カバーリングが遅れたりと、終始集中力を欠いていた。試合後、私は今朝丸に「あれがプロに行きたいと思っている人間のピッチングか！」と一喝した。

その冬、今朝丸は「チームを勝たせるピッチャーになる」という目標を掲げた。大阪桐蔭戦のようなピッチングをしていては、到底プロには行けないと本人も理解したようだった。間木との競争にも勝ち、真のエースを目指す。そう決意して今朝丸はひと冬、厳しいトレーニングを続けた。

3月に対外試合が解禁され、私たちは神戸弘陵と練習試合を行った。実は間木が年明け2月の練習中に捻挫してしまい、まったく投げられる状態ではなかった。そうなると、先発を託せるのは今朝丸しかいない。ひと冬を越えた今朝丸が、心身ともにどれほど成長したのか。この登板は、それを確認するいい機会にもなった。

神戸弘陵の先発は、福岡ソフトバンクホークスからドラフト1位指名された村上泰斗投手だった。今朝丸は秋の大阪桐蔭戦とは見違えるような、気迫のこもったピッチングを見せてくれた。マウンドで存在感を示す今朝丸を見て、私はひと冬の成長を感じると同時に「今朝丸は変わったな」と思った。村上投手と投げ合ったことも、今朝丸の潜在能力をさらに引き出す要因になったのだろう。センバツまでの間に行ったほかの練習試合においても、今朝丸はすばらしいピッチングを続けた。

2024年センバツ開幕
——愛工大名電戦で感じた「人の思い」の大切さ

間木と今朝丸のふたりは、シーズンオフのトレーニングで順調に力を伸ばしていった。しかし、間木は前項でお話ししたようにオフの練習中に捻挫してしまい、3月の練習試合でもほとんど投げることができず、調整不足のまま甲子園入りすることになった。

間木と今朝丸、この2枚看板の存在もあって、私たちは優勝候補の一角に挙げられていた。ただ、戦力的には、前の代のほうが攻撃力は高かった。とはいえ打線のつながりは悪くなかったので、2枚看板がある程度相手を抑えてくれれば、いい戦いはできると私は思っていた。

3月に入ってから、今朝丸の状態はとても良かった。練習試合でも無双状態だったので、センバツに入るだいぶ前から「初戦の先発は今朝丸」と私も決めていた。今朝丸自身も「ここできっちり結果を出す」という気持ちで、愛工大名電戦に臨んだと思う。

初戦の愛工大名電戦、先発の今朝丸は7回8安打1失点と期待通りのいいピッチングを見せてくれた。しかし、うちの打線が相手投手を捉えきれず、6回まで無得点。0－1の7回裏、2アウト・ランナー一塁、今朝丸に打順が回ってきたところで私は代打に貞岡拓磨を送った。そして一塁ランナーが、盗塁や相手のミスで三塁まで進む。すると、貞岡はこのチャンスを逃さず、レフト前にタイムリーを放って同点に追い付いた。

8回からは、エースナンバーを背負った間木がマウンドへ。8回、9回ともに得点圏に走者を進められてしまうが、間木は肝心なところでその実力を発揮。調整不足をものともしない、エースらしいピッチングを披露してくれた。

試合は延長戦となり、10回表の愛工大名電の攻撃で1点を取られるが、私たちも裏の攻撃で押し出しフォアボールをもらって追い付き、なおも無死満塁から斎藤佑征が決勝のサヨナラタイムリーを放った。

この試合で印象に残っているのは、7回に代打に送った貞岡である。貞岡のお母さんは病院より「余命わずか」と言われる状態だった。センバツ期間中、私たちはポートアイランドにあるホテル（宿舎）で生活していた。そのホテルのすぐ近くに、貞岡のお母さんが入院している病院があった。だから、私はホテル入りしたときから「いつでもお母さんに会いに行っていいからな」と貞岡に伝えていた。すると彼は「母からは『大事なときなのだから来なくていい。チームにちゃんと帯同していなさい』と言われています」と言い、一度あった「全員オフ」の日以外、彼がお母さんのいる病院に行くことはなかった。

センバツ期間中、貞岡のお母さんの容態が急変することもあり得る。そんな状況下での代打だったが、貞岡はみんなの期待に応える同点タイムリーを打ってくれた。たぶん、あの一打がなければ私たちは負けていただろう。

貞岡のお母さんはセンバツ後の5月、私たちが春の県大会を戦っている最中にお亡くなりになった。しかし、貞岡はお母さんの言いつけを守り、試合に出続けた。お通夜の日にも試合があったのだが、貞岡は「お母さんは試合に出なさいと言っていたので試合に出ます。お通夜には間に合うので大丈夫です」と言う。私は彼の意思、ご家族の意思、そして何よりもお母さんの意思を尊重して、試合に出場させた。

センバツの愛工大名電戦は、貞岡のお母さんが私たちを勝たせてくれたような気がしてならない。高校野球は、グラウンド上の目に見える部分だけではなく、その裏側でたくさんの人たちの「思い」が交わってつながっている。これからも、高校野球の指導者として、その目には見えない「人の思い」や「人と人とのつながり」も大切にしていきたい。それが、監督である私に課せられたひとつの使命だと思っている。

2年連続センバツ準優勝
――流れは待っていても来ない

初戦の愛工大名電戦を含めた2024年センバツの本校の対戦結果は、次の通りである。

1回戦	愛工大名電	3－2	○
2回戦	常総学院	6－1	○
準々決勝	大阪桐蔭	4－1	○
準決勝	中央学院	4－2	○
決勝	健大高崎	2－3	●

センバツ前は不安のあった間木がとてもよく投げてくれたのに加え、大阪桐蔭戦で今朝丸が1失点完投を果たすなど、すばらしいピッチングを見せてくれた。

準決勝の中央学院戦は間木、今朝丸の継投で戦った。中盤までは私たちが優位に試合を進めていた。しかし、8回に中央学院に1点を返されて2－4の2点差となり、なお2アウト・ランナー二塁。ここでショートの橋本友樹が三遊間の難しいゴロをさばき、相手の追い上げムードを断ち切った。普段から練習してきた「球際の強さ」が最高の場面で発揮されて、私たちは決勝進出を決めたのである。

決勝前日、私たちは健大高崎の2年生エース左腕の佐藤龍月投手をイメージして、ミーティングや素振りを行った。データ上、佐藤投手は左バッターより、右バッターの防御率が良かった。幸い、当時のうちの打線は左バッターが多かった。私は左バッターに何とか出塁してもらい、そこから突破口を見出そう、機動力を駆使して相手をかき回していこうと考えていた。

ところが、健大高崎の先発は私たちの予想に反して、150キロの2年生右腕として知られていた背番号10の石垣元気投手だった。石垣投手は、前日の準決勝（星稜戦）でも先発として116球を投げていた。だから私は、決勝の先発は佐藤投手だと予想していたのだが、見事に裏をかかれる形となった。

石垣投手は、疲労をまったく感じさせないピッチングで8回まで投げた。うちの得点は初回に挙げた2点のみ。試合前は「きっと前日の疲労が石垣投手には残っているだろうから、中盤以降に得点できるだろう」と考えていたのだが、石垣投手はスタミナもあり、非常にタフなピッチャーだった。敵ながら「何とも頼もしい2年生だな」と感心したものだ。

今朝丸も初回に2失点したが、もともと立ち上がりは悪い傾向があったので、私たちにとっては初回を終えて2－2はある程度想定内だった。その後、今朝丸は3回に1失点して、これが決勝点となってしまう。でも、強打の健大高崎打線を3点に抑えたのだから、よくがんばってくれたと思う。今朝丸がバッターのインサイドを厳しく突いても、相手打線はそれをしっかりと捉えてきた。健大高崎のバッターはみな、本当によく鍛えられていた。

悔やまれるのは、2－3で迎えた6回表、ノーアウト・ランナー二三塁となった場面である。本来であれば、まずは同点を狙うところだが、私は逆転を目指した。スクイズ2回でも逆転できるが、私は打って2点を入れたかった。

佐藤投手が出てきたら、まず点は取れない。今朝丸も疲れが見え始め、相手にいい当たりを飛ばされていた。「ここは佐藤投手が出てくる前に逆転しなければ」と、私は考えた。もし、もう一度同じ状況が巡ってきたとしても、私は同じ采配で勝負に行くだろう。だが、打線が湿りがちだったとはいえ、あの6回に得点できなかったのは私の責任である。

試合中は勝っているときの流れ、負けているときの流れなど、いろいろな流れが生まれる。

その流れをいかに感じ、チームの勝利に生かすか。そこが監督の腕の見せ所であるともいえるだろう。

勝っているときは、下手に動くとその流れを変えてしまうことにもなるので、ギャンブルはしない。私は勝っているときはあまり動かず、相手にボディブローをどれだけ打ち続けられるかを意識している。逆に負けているときは、劣勢状態の流れを変えなければならないので、ときにギャンブルは必要な一手となる。流れは、待っていても来ない。それはわかっているのだが、流れを読み、最良の一手を打ち続けることは本当に難しい。監督となって2025年で8年目を迎えたが、いまでも練習試合、公式戦問わず、現場で学ぶことばかりである。

私たちは1974年、2002年に続く3度目の甲子園優勝を狙ったが、前年のセンバツに続き、2年連続の準優勝に終わった。

「2年連続センバツ準優勝」を収め、私の監督としての手腕を高く評価してくださる方もいらっしゃる。それは大変ありがたいのだが、負けず嫌いの私にとって「2年連続決勝戦敗退」は何よりも悔しい。いまは春夏どちらでもいいので甲子園の決勝に進み、そこで勝つことだけを考えている。

2年連続でセンバツの決勝を戦い、ベンチ入りしたメンバー全員を信頼することの大切さを学んだ。メンバーに入れた以上、その選手は戦力なのだから交代に躊躇してはいけないし、出し惜しみしてもいけない。甲子園というステージが、私に「代え時の腹のくくり方」の重要性を教えてくれた。私にはそういった経験があったので、２０２４年の夏も県大会から思い切った選手起用ができた。そのことに関しては次項で詳しくお話ししたい。

２０２４年夏、エースナンバーを今朝丸に託し、春夏連続の甲子園出場を決める

２０２４年の夏を迎えるにあたり、私はエースナンバーを今朝丸に託した。センバツでも、大会前に捻挫をしていた間木と練習試合で無双状態だった今朝丸を比較すれば、1番は今朝丸が背負ってもおかしくはなかった。しかし、センバツの選手登録は2月に行われるため、その時点では間木もケガをしていなかったし、3月からの練習試合における今朝丸の充実ぶりも見ていなかったので、間木が1番のままだったのだ。

春までエースナンバーを背負っていた間木は悔しかったと思うが、それを受け入れてチームの中心選手としての役割をしっかり担ってくれた。1年生の頃から何かと比べられるふたりだったので、間木も今朝丸もきっと嫌な思いをしてきたに違いない。でも、ふたりはチームメイトとして、そしてライバルとしていい関係であり続けてくれた。

新チーム発足時に間木と福留、ふたりのキャプテンを置いたことは本書ですでにお話しした。そしてその後、私たちは春の大会4回戦（準々決勝）で東洋大姫路に1－5で負けるのだが、この敗戦を受けて私はキャプテンを福留に一本化した。夏の大会に向けて、間木の負担を軽減させてあげたいという意味合いとともに、泥臭くがむしゃらに野球に取り組む福留の熱意に賭けたのである。

2024年、夏の県大会。やはり、兵庫の夏を勝つのは簡単ではないと痛感した。初戦の舞子戦では、今朝丸の「立ち上がりが悪い」というクセが出た。もちろん、夏の初戦というプレッシャーもあったのだろう。序盤は制球に苦しんでいたが、終盤にうちの打線が突き放し、結果としては13－4のコールド勝ちを収めた。

出場チーム数の多い兵庫では、1回戦シードで2回戦から始まったとしても、7回勝たなければ甲子園には辿り着けない。私たちは今朝丸と間木、両輪の活躍もあって順調に勝ち上がり、準決勝では2022年、2023年と夏2連覇を達成している社と対戦することになった。

社戦の先発は、間木に任せた。私たちは2回に先制したが、両チームともに先発投手の好投もあって、試合は6回が終わって1－1の大接戦となった。試合が動いたのは7回だった。表の社の攻撃で間木が打たれ、逆転されたところでピッチャーを今朝丸に代えた。しかし、2アウト・ランナー二三塁となったところで二塁ランナーがわざと飛び出すトリックプレーにはまってしまい、本塁への悪送球などもあり三塁ランナーに続き、二塁ランナーもホームイン。そこから今朝丸が2三振を奪ってイニングを終えたものの、スコアは1－4と点差が広がってしまった。

その裏、うちも粘りを見せて、連打や相手のエラーによってノーアウト満塁に。8番のレフト・安田羽瑠の内野ゴロの間に、三塁ランナーが生還して2－4と2点差に詰め寄った。続くバッターは9番の今朝丸。今朝丸はリリーフしてまだ打者ふたりにしか投げていなかったが、私は迷わず代打を送った。代打に指名したのは、センバツの愛工大名電戦で殊勲の同点打を放ってくれた貞岡である。

7回裏、1アウト・ランナー一三塁。代打の貞岡がレフトに犠牲フライを打ち3－4の1点差として、2アウト・ランナー二塁となった。ここで巧打の1番・西村がライトにタイムリーヒットを放ち、私たちは試合を振り出しに戻した。

8回、9回の2イニングを3番手で登板した伊藤功真が好投してくれて、試合は4－4のまま延長戦のタイブレークに突入。10回表の社の攻撃を、4人目として登板した上阪昊誠が無得点に抑える。

そして迎えた10回裏、1アウト・ランナー二三塁と一打サヨナラのチャンスでキャプテンの福留に打順が回ってきた。カウント2ボール1ストライクからの4球目、甘めに入ってきた変化球を福留が逃さず捉える。打球はセンターの頭上を大きく越えて、外野の芝生に弾んだ。これで、私たちは5－4のサヨナラ勝ちで前年の覇者を下し、決勝進出を決めた。チームの精神的な柱として、走攻守すべての面で福留は報徳の勝利に貢献してくれたのだ。

決勝戦の相手は、甲子園常連の明石商である。明石商は、しぶとく1点を取りに来て、大量失点もしない。つなぐ野球と堅守が持ち味の明石商と戦うにあたり、私は選手たちに「欲張って2つのアウトを取りに行くのではなく、ひとつずつ着実にアウトを取っていこう」と試合前に話した。

試合は、結果としては4－0の完勝だった。明石商には守備のミスなども出て、こちらの理想的な展開で試合を進めることができた。この試合でも、福留は準決勝のサヨナラの一打に続き、3得点を挙げた8回の攻撃で皮切りとなる出塁を果たしている。

今朝丸はランナーを出しても粘り強いピッチングで完封勝利を飾り、春夏連続の甲子園出場に花を添えた。1年間の成長を、決勝の大舞台で示してくれたのである。

2024年夏の甲子園、1回戦で大社に敗退した理由

2018年以来、6年ぶりの出場となった2024年夏の甲子園。センバツで準優勝していた私たちは優勝候補にも挙げられていたが、結果は島根県代表の大社《たいしゃ》を相手に1回戦敗退（1－3）となった。

今朝丸の立ち上がりの悪さがこの大社戦でも出て、初回に2失点してしまった。大社の1番バッターである藤原佑選手（徳島インディゴソックス）は50メートル走5秒8の俊足として知られており、私たちはその足を警戒しすぎていたというのもある。島根大会では、藤原選手は6試合で打率6割6分7厘、12盗塁をマークしていたからだ。

1回表の大社の攻撃、1アウト・ランナー一二塁でバッターをセカンドゴロに打ち取り、ゲッツーで終わるはずがそのあとミスが重なり2点を失った。堅守で勝ち上がってきた私たちだったが、甲子園では一球の怖さに泣くことになった。

実は私たちは、夏の大会前に大社と練習試合をしていた。その際は、夏に向けていろんな選手を試したかったので、主力以外の選手も多数出場した。そんな事情もあって、今朝丸と間木

のふたりが登板することもなかった。そういったメンバー構成でも引き分けだったため、私たちの中に「主力で行けば勝てる」という油断が生じていたのかもしれない。

結果として、大社はこのあと快進撃を続け、ベスト8進出を果たす（準々決勝で神村学園に2－8で敗退）。快進撃の原動力となった馬庭優太投手は、練習試合からあまり日が経っていないにもかかわらず、ピッチングがとてもよくなっていた。練習試合の際には良いときと悪いときのばらつきが見られ、不安定さがあった。しかし、甲子園ではコントロールもよく、私たちに付け入る隙を与えてくれなかった。

いま試合を振り返ってみると「センバツ準優勝校」という肩書によって、選手たちの気持ちが守りに入ってしまっていたように思う。私たちはチャレンジャーの精神を忘れず、もっと積極的に攻めていく姿勢で戦わなければならなかった。

大阪桐蔭の西谷監督は、センバツと夏の甲子園はまったく違うとよくおっしゃる。西谷監督は「春の山と夏の山は違う」という言い方をされるのだが、私もその言葉を拝借して選手たちに「春が終わったら春の山を下りて、夏はまた別の山に登ることになるんやで」と言い聞かせてきた。

2023年は、センバツという春の山を登ったままで、切り替えることなく夏に臨んでしまい、甲子園出場を逃した。その反省もあって「春の山と夏の山は違う」と言い続け、2024

年はセンバツ出場後にも夏の兵庫を制し、甲子園への切符を手にすることができた。しかし、そうやって戦ってきたにもかかわらず、甲子園に戻ってきたら「春の準優勝校」というのを知らず知らずのうちに意識してしまっていたのではないか。

本書で述べてきたが、監督となってから甲子園では名のある強豪校とばかり試合をしてきた。そんな中で島根代表の大社と戦うことになり、私自身にも油断があったのかもしれない。いまさらだが、自分の未熟さを痛感している。

兵庫では、対戦するチームすべてが「打倒・報徳」を掲げて向かってくる。しかも、どのチームも私たちの隙を狙い、死に物狂いで細かい野球を仕掛けてくるので一戦たりとも気が抜けない。

でも、甲子園は県大会とは違い、あまり細かいことを考えずにがっぷり四つで試合ができるという感覚が私にはあった。甲子園に来ると「力対力」のシンプルな野球を楽しめる。そんな印象を持っていたのだが、大社に負けたことで「甲子園も兵庫もある意味同じだ」と気づくことができた。兵庫ではちゃんとできていたことが、甲子園ではできなかった。だから、私たちは負けたのだ。

大社はベスト8まで行ったのだから、問答無用で強かった。でも、私たちが彼らを勢いづけてしまったという部分も少なからずあるように思う。

大社との対戦で覚えているのは、アルプススタンドの応援がすごかったということである。うちも地元なので、アルプスの応援には毎回たくさんの人たちが参加してくれる。しかし、大社の大声援を実際に見て「いままでうちと対戦したチームは、こんな重圧を感じていたんだな」と気づいた。「相手はさぞかし、やりにくかっただろうな」と感じるのと同時に、毎回大声援を送ってくれる関係者、OB、生徒、そしてファンのみなさんに感謝するばかりだ。

もし、次に甲子園に出場することができたら、私たちが兵庫の戦い方をするのか、それとも甲子園の戦い方をするのか。それは現時点ではわからない。甲子園出場が叶ったのなら、相手を見て、そのときに考えたいと思う。ただ「こんな野球もあるぞ」「うちはこんな野球もできるぞ」という心の準備、引き出しは常に持っておきたい。

2025年夏に向けての課題と注目選手

間木、今朝丸の代が引退して新チームとなった2024年秋の県大会。私たちは3年連続のセンバツ出場を目指して大会に臨んだものの、残念ながら初戦で西脇工に3－4のサヨナラ負けを喫した。

2025年の夏に向けて、やらなければならないことを挙げればキリがない。そんな中での一番大きな課題は「ピッチャーとバッターともに、軸となる存在を作る」ということだ。「こいつが打たれたのならしょうがない」とみんなが思えるエースと「こいつに回せば絶対に何とかしてくれる」という強打のクリーンアップ。そういった投打の軸を作り、それを一人前に育てるのが私たち指導陣のもっともなすべきことだと考えている。なぜなら、しっかりとした軸がなければ、全体のレベルアップも計れないからである。

それ以外の課題に関しては、幸いにも自分で理解している選手がうちには多い。それぞれが自分で考えて動ける自発性と野球脳を持っているので、先述した投打の軸さえできればメンバーそれぞれが役割を認識して、バランスのいいチームを形成していってくれるはずだ。

打線の軸となってくれそうなのは、1年生左バッターの岸本玲哉と2年生右バッターの眞栄田健心である。ふたりとも長打が打てるので、4番、5番を担えるようになってほしい。2024年夏の甲子園でもスタメンだったふたりの2年生（ショートの橋本とセカンドの山岡純平）も、打線の牽引役として期待している。橋本には1番、山岡には3番を任せることになるだろう。このふたりは経験も豊富なので、私も計算が立てやすい。

ピッチャーでは、左腕の岡田壮真をはじめとする2年生投手数名が頭角を現してきた。岡田はもともと外野手なので、これからまだまだ伸びしろがある。1年生の中尾勇貴と澤田悠佑の両左腕の成長も著しく、今年も夏には楽しみな投手陣が作れそうだ。

また、ほかにも楽しみな存在が何人かいる。２０２４年春、熊野のベースボールフェスタで1番をつけさせた2年生右腕の畠山凌空は、身長こそ１６０センチ台前半だが投げるボールは１４０キロを楽に超える。今朝丸のように縦の緩いカーブやチェンジアップ、スライダーも投げることができてハートも強い。

しかし、コントロールが不安定なため、秋はメンバーから外した。２０２４年から２０２５年にかけてのシーズンオフ、畠山はメンバーから外れた悔しさを胸に、必死で練習に取り組んでいる。ストライク先行のピッチングができるようになれば、再び1番をつけることもあるかもしれない。

もうひとりは、先に打線の軸として挙げたセカンドの山岡である。彼はもしかしたら、２０２５年の夏はエースになっている可能性もある。秋の大会が終わってからピッチャーとしての練習を本格的に始めたのだが、１４０台中盤のボールを投げる。もちろん、下級生の頃からセカンドのレギュラーを張っていることもあってハートも強い。中学時代はピッチャーをしていたこともあるので、どれだけ成長してくれるか本当に楽しみな存在だ。

岡田や山岡のように、野手にピッチャーをやらせてみようとするのには理由がある。岡田に関しては、いま報徳で外部コーチとしてバッティングをメインに指導してくださっている葛城育郎さん（元・オリックス・ブルーウェーブ、阪神タイガース。私の大学時代の先輩でもある）が「岡田はいいボールを投げるので、ピッチャーをやらせてみたらどうか」とアドバイスをくれた。山岡に関してはキャッチボールの際の腕の使い方、球筋がよく、遠投でも伸びのあるいいボールを投げる。両者ともに共通しているのは伸びのある球筋と球威、そしてハートが強いということだ。この3点はピッチャーに必須の資質といえよう。

2023年の堀たちの代、2024年の間木、今朝丸たちの代に比べると2025年のチームは小粒である。しかし、それぞれがしっかりと目的意識を持って練習に取り組んでくれている。兵庫を勝ち抜くだけでなく、甲子園でも勝てる戦い方のできるチームを作っていければいいと思っている。

U18のコーチとしてアジア選手権に出場
――センスの塊だった関東一の坂井遼投手

2024年夏の甲子園の直後となる9月、私はコーチとして、そして間木と今朝丸は選手として侍ジャパンU18の「第13回 BFA U18アジア選手権」に参加することになった。

U18のスタッフは監督が元・日大三監督だった小倉全由さん、コーチは荒井直樹ヘッドコーチ（前橋育英監督）、坂原秀尚コーチ（下関国際監督）、そして私の3人が務めた。うちの間木は小倉監督からキャプテンに任命された。春の代表合宿のとき、間木が率先してチームをまとめていたのが、小倉監督から認められての指名だったようだ。

アジア選手権では、予選（オープニンググラウンド）後のスーパーラウンドで台湾に1－0で勝利するも、決勝で再戦して1－6で敗退。私たち日本チームは2大会ぶり6回目の優勝を狙っていたが、残念ながら準優勝に終わった。

台湾チームは、個々のポテンシャルが日本よりも上だったと感じた。ロサンゼルス・ドジャースとマイナー契約をしているコ・チンシェン外野手は、パワーとスピードを兼ね備えたすばらしいプレーヤーだった。投手陣もいいピッチャーが多く、投打ともに圧倒された印象である。

私たちスタッフが一番腐心したのは、選手たちのコンディショニング調整だ。夏の甲子園が終わった直後で、心身ともに疲れている選手が多かった。甲子園で決勝戦を戦った京都国際のエース・中崎琉生、関東一のエース・坂井遼（千葉ロッテマリーンズ）はあとから合流したのだが、しばらくの間は本隊とは別メニューで調整していた。

「日本としてこういう野球をしていこう」とプランを立てても、練習する時間もなければ人数もいない。実戦練習を行うにしてもメンバー18人中8人がピッチャーなので、シートノックでは各ポジションにひとりずつしかいない。このような状況では、フォーメーションや内外野の連携プレーをじっくり行うことはできない。

台湾も韓国も、時間をかけてチーム作りを行い、アジア選手権に臨んだようだった。チームの成熟度において、日本は未熟だったと言わざるを得ない。即席の日本よりも、台湾と韓国はチームとしてしっかり機能していた。

台湾と韓国の野球の質をひと言で表すとすれば「パワー」である。大味といえば大味なのだが、ピッチャーには球威があり、バッターはパワーヒッターが多かった。両国の選手たちは「同じアジア人なのに、なんでここまで違うの?」というくらいパワーがあった。日本の選手たちももちろん普段から鍛えているのだろうが、DNAレベルでの体力、体格(骨格がしっかりしている)の差を感じた。

とはいえ、台湾も韓国も細かい野球をしてくるわけではないので、日本として時間をかけてチーム作りを行い、日本らしい緻密な野球ができれば勝機はいくらでもあるように思う。

今回、代表チームに帯同して一番印象に残ったのは、関東一の坂井投手である。うちにも今朝丸と間木といういいピッチャーがいたが、坂井投手は球質がすばらしいだけでなく、マウンドにいるときの佇まいや雰囲気が高校生離れ、もっと言えば日本人離れしているように感じた。坂井投手はすべてが「センスの塊」だといえる。千葉ロッテマリーンズでの活躍を大いに期待したい。

現役時代に一緒にプレーしたプロ野球選手と大先輩・金村義明さん

本校は甲子園で3度の日本一を達成しているが、内訳はセンバツ優勝が2度、夏の甲子園優勝が1度である。その唯一の夏の甲子園優勝を1981年に成し遂げたのが、私の大先輩である金村義明さんだ。

金村さんはとても後輩思いの方で、いまでも年に1、2回は我々母校のことや我々スタッフのことを気づかい、大阪に仕事で訪れたときなどに声をかけてくださるのだ。「報徳のレジェンド」でもある金村さんからは昔話もよく伺うのだが、これがまた本当に面白い。さらに、野球に関しても奥深い理論をお持ちで、とても勉強になる。テレビなどで金村さんを見て、豪放磊落なイメージを持たれている方もいらっしゃるかもしれない。でも本当の金村さんは、とても繊細で我々後輩にも気をつかわれる優しい方である。

私が高校時代に一緒にプレーした中で、プロ入りした選手は6人いる。

1学年上→肥田高志（元・オリックス・バファローズ）

同学年→光原逸裕（元・オリックス・バファローズほか）、鞘師智也（元・広島東洋カープ）

1学年下→南竜介（元・横浜ベイスターズほか）、森山周（元・オリックス・バファローズほか）

2学年下→山崎勝己（元・福岡ソフトバンクホークスほか）

後輩の山崎は、いまオリックスのコーチとして堀の面倒を見てくれている。このメンツの中で、私が一番すごいと思ったのは後輩の南である。ピッチャー兼外野手だった彼は、華麗なプレーをしていたわけではないが、外野からいつもすごい送球をしていたのをよく覚えている。パワーヒッターとしても有名で、金属バットの根っこで打っても打球は外野フェンスを越えていた。

私と同期の光原は高校時代、3番手、4番手のピッチャーだった。投げても球速は130キロちょっと。その代わり努力家の彼は誰よりも練習をしていた。負けん気も強く、大学に行ってから彼は大きく成長し、球速は140キロ台後半を記録するようになり、社会人を経て見事にプロ入りを果たした。

もうひとりの同級生の鞘師は「大学に行って野球はしない」と言っていたのだが、東海大野球部で努力を続け、その後プロ入りした。このふたりのように、大学でがんばって野球を続け、プロ入りするまでの成長を遂げる選手が結構いる。高校時代はそれほどではなくても、大学で大きく伸びる選手がいるのだ。

だから指導者となったいま、私はその選手の伸びしろや可能性も考慮して、進路や進学先を考えるようにしている。真っ先に考えるのは「この選手はどの大学に行けば、さらに実力を伸ばせるのか。大きく成長できるのか」ということである。選手を潰してしまうような進路だけは選ばないように、いつも気をつけている。

現役で活躍する報徳OBプロ選手

2024年のドラフトでプロ入りした今朝丸（ドラフト2位指名で阪神タイガースへ）と坂口翔颯（ドラフト6位指名で横浜DeNAベイスターズへ／國學院大）以外に、報徳OBの現役のプロ野球選手は現在6名いる。いずれも私のコーチ時代以降の教え子である。

【本校OBの現役プロ野球選手】

田村伊知郎（埼玉西武ライオンズ）
岸田行倫（読売ジャイアンツ）
佐藤直樹（福岡ソフトバンクホークス）
西垣雅矢（東北楽天ゴールデンイーグルス）

小園海斗（広島東洋カープ）
堀柊那（オリックス・バファローズ）

この中では田村伊知郎が一番古く、私のコーチ時代の教え子だ。田村は入学した当初から努力家、勉強家で、遠征の車中でほとんどの選手は爆睡しているのに、彼だけが心理学の本を読んでいたこともあった。立教大の4年生になったとき「10％も確率はないかもしれませんが、僕はプロに行くために最後の1年は〝報徳魂〟でがんばります」と連絡があった。それまでは淡々と投げるピッチャーだったが、その1年間は一球一球声を上げ、鬼気迫る魂のピッチングを見せていた。人間、腹をくくればここまで変われるのだ、と私は田村から教わった。田村には、その強い「報徳魂」で、今後も活躍を続けてほしい。

岸田行倫が入学したとき、私は部長を務めていた。彼はショートとして入ってきたが、私は岸田の動きなどを見て「キャッチャーに向いている」と思い、永田監督に岸田のキャッチャー転向をお願いしていた。しばらくして永田監督の許可が下り、私と岸田はキャッチャーの練習を始めた。彼はセンスがあったので飲み込みも早く、すぐに正捕手の座をつかんだ。しかし、まさかプロに行くようなキャッチャーになるとは、その頃は思いもしなかった。俊足、強打のキャッチャーとして岸田はU18にも選ばれ、クリーンアップ（3番）を務めた。そのとき4番を打っていたのが、いまは読売ジャイアンツでチームメイトでもある智辯学園の岡本和真選手だった。

佐藤直樹は、報徳中から上がってきた選手である。強肩、俊足で身体的なポテンシャルが非常に高かった。ただ、メンタル的にやや甘いところがあり、高校時代はセンスだけでやっているようなところがあった。進学に際して永田監督は「佐藤は厳しい大学に行ったらきっと野球を辞めてしまうだろう」という結論を出した。そこで私たちは、佐藤に社会人野球のＪＲ西日本を勧めた。その後、佐藤はＪＲ西日本で野球を続け、ドラフト1位でプロ入りを果たした。プロ入り後、佐藤は育成に落とされたが、そこから奮起して２０２４年に支配下入りしている。

西垣雅矢は早稲田大に進学して、ドラフト6位で東北楽天ゴールデンイーグルスに入団した。西垣が報徳1年生のとき、遠征先の球場でキャッチボールしている様子を見て、ほかのコーチと「西垣はプロに行ける逸材だな」と話したのをよく覚えている。フォームがしなやかで、1年生とは思えない伸びのあるボールを投げていた。高校時代はストイックさに欠ける部分があったものの、早稲田大というレベルの高いステージで野球をすることによって、心技体すべての面で格段の成長を遂げた。

２０２４年、小園海斗はプロ入り後初めて全試合にスタメン出場を果たした。シーズン中に本職だったショートからサードにコンバートされ、難しさも感じているようだったが、彼なら持ち前のセンスでサードやセカンドなどもこなせるようになるはずである。小園の高校時代で、いまでもよく覚えていることがある。本校に入学したばかりの5月、石川県で行われた招待試合に彼は出場した。相手ピッチャーは140キロ超の速球派だった。小園の打席で、彼は2ストライクと追い込まれ、キャッチャーはインハイに構える。すると、小園はインハイに来た140キロのストレートを素早い反応で弾き返し、ホームランを打った。経験を積んだバッターならば、ファウルで交わすような厳しいボールである。でも1年生だった小園は、何も考えずに体の反応だけでホームランにしてしまった。あのホームランを見たとき、私は「2か月前まで中学生だった子が……」と本当に驚いた。それだけに、いまでもあのホームランは、小園の象徴的なシーンとして鮮烈に脳裏に焼き付いている。

國學院大からベイスターズ入りした坂口翔颯は、2020年に高校3年生だったいわゆる「コロナ世代」である。私が監督2年目の2018年に入学してきて、2年生になってからベンチ入りした。2年生の新チームとなってから彼は兵庫選抜に選ばれ、台湾遠征にも行った。コロナの影響で独自大会となった2020年夏は5回戦までのトーナメント戦が行われ、私たちは最後まで勝ち上がった。坂口はほとんどの試合で先発したが、私には彼が打たれた記憶がない。坂口はドラフト後の2024年12月に右肘内側側副靭帯再建術（トミー・ジョン手術）を受けた。まずは焦らずに、リハビリに専念してほしい。彼の力なら、プロの一軍でも活躍できるはずだ。一軍のマウンドで躍動する彼のピッチングを、私は心待ちにしている。

第3章

報徳学園現役時代は
4季連続で甲子園に出場

野球との出会い〜小学生時代はエースでキャプテン〜

私は1980年5月30日生まれ、兵庫県川西市の出身である。家族は両親と兄（4つ上）、弟（2つ下）の5人で、兄は地元の川西明峰高校の野球部に入り、2年生のときに甲子園（1993年センバツ）出場を決めている。兄は背番号10の控えピッチャーとして登録されていたのだが、無情にもセンバツ直前に腰椎分離症を発症してしまい、残念ながら甲子園の土を踏むことはできなかった。

家に戻ってきた兄が泣きながら「甲子園に出られなくてごめん」と親に謝っている姿を見て、小学校6年生だった私は「兄貴の代わりに、俺が甲子園に出る」と心に誓い、その日から自主トレでランニングを始めた。私の心に「甲子園出場」の火は確かに灯された。ちなみに、川西明峰は古田敦也さん（元・東京ヤクルトスワローズ）の母校としても知られている。

2歳下の弟とは、少年野球から中学のクラブチームも一緒だった。私も弟も当時は投手だったが、弟は私よりコントロールもよく投手として私は負けていた。だが、弟は中学校1年生のときに右足に骨肉腫の大病を患い、野球人生のみならず競技者としての人生まで絶たれてしまった。あのときの弟の闘病生活の苦労と母親の涙は、いまでも忘れることができない。

私の父は浪商（現・大体大浪商）野球部の出身で、野球一筋で生きてきた人間だ。父は7人きょうだいの末っ子として生まれ、兄弟のうち3人が浪商野球部に所属。父は甲子園には出ていないが、私の伯父にあたる兄のひとりは甲子園に出たそうだ。私が野球をすることになったのは、もちろん父の影響が大きい。兄が小学校で野球を始めたので、私も自然な流れで野球をするようになった。というより、ほかに選択肢はなかったといったほうが正しいだろう。

母は、兵庫では有名なテニスの強豪校である園田学園でテニスをしていた。伊達公子さんも園田学園テニス部の出身である。

父も母も、かつては熱く真剣に部活に取り組む体育会系高校生だった。そんなアスリートの家系なので私たち兄弟も運動神経はよく『巨人の星』の星一徹のような厳しい父に育てられたおかげで、野球チームでは常にレギュラーだった。兄は川西明峰卒業後も大阪経済大で野球を続けた。

私が初めて野球チームに所属したのは、兄のいた「明峰イーグルス」という学童野球チームだった。私たちが通っていた明峰小学校にはもうひとつ野球チームがあったのだが、しばらくしてこの両チームが合併して「明峰少年野球クラブ」と名称を変えた。

明峰少年野球クラブに兄が在籍した関係で、私は小学校の入学前からそのチームで野球をして遊んでいた。当時の私は、本当はサッカーがしたかった。しかし、野球一筋の父の支配下にあってはサッカーなどできるわけもなく、小学校入学と同時に私は兄と同じ野球チームに入ることになったのだ。

当時の川西界隈の学童野球は6年生主体のAチーム、5年生主体のBチーム、4年生以下のCチームに分けられ、3年生以下は「ジュニア」と呼ばれていた。明峰少年野球クラブにいた6年間で私はすべてのポジションを経験したが、メインでやっていたのはピッチャー、キャッチャー、ショートである。

チームの選手数は、学年ごとに20人ほどいたように記憶している。全学年を合わせれば100人を超えるが、当時はどのチームもそのくらいの選手を抱えて活動していた。

レギュラーとして試合に出たのは、4年生のCチームになってからだ。ポジションはキャッチャー、次にショート、そしてその後ピッチャーもやるようになった。

私はピッチャーとして球は速かったものの、いかんせんコントロールが悪かった。だから低学年のうちは、それほど多く登板していたわけではない。学年が上がるにつれて制球力もついてきて、6年生になったときにエース兼キャプテンにも任命された。私の負けず嫌いの兆候は小学生の頃から出ており、試合に負けると家に帰って泣いたり、モノに当たったりしていた。大した努力はしていなかったが、負けるとやり場のない悔しさが込み上げてきていたのだ。

私の父は、明峰少年野球クラブのヘッドコーチを務めていた。普段の練習にはきついメニューもあったが、雨の日はさらにしんどさが増した。学童野球は、普通なら雨が降ればオフになる。しかし父は雨が降っても、学校の敷地内の屋根のあるところで基礎体力トレーニングを中心とした練習を行った。腹筋、腕立てといった筋トレから、階段ダッシュまで、しんどいメニューばかりだったので、朝に雨が降っているのを見ると憂鬱になったものだ。

明峰少年野球クラブは、基本的に土日祝日に練習していた。この正規練習とは別に週1回、父がチームの子どもたちを集めて、平日の夜に近くの公園でランニングや素振りなどの練習も行っていた。練習が終わると父がタコ焼きやジュースを買ってくれるので、それも練習の楽しみのひとつだった。指導中はとても厳しかったが、野球が終わるとやさしい父でもあった。

川西市の学童野球は全体的にレベルが高かった。そんな群雄割拠の状態にあって、私たちは6年生のときに市内大会を勝ち抜き、上部大会である県大会でも2度優勝することができた。市内の優秀な選手を集めた選抜チームにも私は選ばれ、正捕手兼キャプテンを務めた。

中学は硬式野球クラブチームに入団

——平日は父と毎日自主トレ

学童野球で市内の選抜チームに選ばれたこともあり、中学に上がる際には近隣にあった硬式野球クラブの数チームから勧誘された。そのいくつかのチームの中から、私はヤングリーグに所属するチームである「兵庫川西ヤング」を選んだ。

兵庫川西ヤングを選んだ理由は、選抜チームで仲良くなった選手が何人か行くことを知ったからだ。バッテリーを組んでいたエースなども兵庫川西ヤングに行くとわかり、みんなで「チームを強くしよう」と入団することにした。

意気揚々と始めた中学野球だったが、チームの練習がとても厳しく、十数人いた新入部員はすぐに半分ほどの6人になってしまった。ランメニューの多さは小学校時代の比ではなく、タイヤ引きなどのきついメニューもたくさんあった。

硬式野球クラブはヤングのほかにもシニアやボーイズ、ポニーリーグなどがあるが、いずれも毎日活動する中学校の部活とは違い、土日祝日の活動が基本である。しかし、私は平日の夕方に父と自主トレを行っていたため、休みはなかった。自主トレは、父が仕事から帰宅した夕方に始まる。家の近くにあった小さなグラウンドにふたりで行き、ピッチングやティーバッティング、ノックをする。1対1で行われるノックは、父がカゴに入ったボールを右に、左にと打ちまくり、私はひたすらその打球を追った。休んでいるヒマはまったくない「鬼の特守」である。でも、このきついメニューをこなしていたおかげで、私の守備力は向上していった。

また、中学と高校の6年間、大晦日の夜は近くの公園の階段や坂をひたすら走らされる特訓が恒例になっていた。高校時代もしんどいメニューはたくさんあったが、練習がきつくて嘔吐したのはこの大晦日の特訓だけである。

兵庫川西ヤングでは、3年生になってエースを任されるようになった。キャッチャーをやるのも好きだったが、試合でキャッチャーをするのはごくたまにだった。選抜チームで一緒にプレーした友だちが辞めてしまったこともあり、中学野球時代はそれほど芳しい成績を残すこともなく終わった。

本当は報徳学園には行きたくなかった
――新入生60人があっという間に半分に

中学生当時の私は「自分はプロに行ける」と当然のように思っていた。大人になってから振り返れば恥ずかしい限りなのだが、野球少年の思考回路とは得てしてそういうものではないだろうか。だから、当時の私にとって「高校に行って甲子園」も既定路線でしかなかった。

ただ、そうはいっても「甲子園に行くにはそれなりの強豪校に行かなければならない」ということは理解していた。だから当時の私は、甲子園にもっとも近い存在だった育英や神戸弘陵、ＰＬ学園、近大付、智辯和歌山などに興味を持っていた。

そんな中学生だったので、夏の大会期間中はひとりで大阪の日生球場に出かけ、ＰＬ学園や近大付の試合を観戦していた。その頃の報徳はあまり甲子園に出ていなかったため、私の選択肢には入っていなかった。

ではなぜ、報徳に入学することになったのかといえば、父の強い勧めがあったからである。いま思えば、きっと父は私を近くに置いておきたかったのだろう。寮生活となる遠くの学校に行かせるよりも、地元の学校に通わせたかったのだと思う。

それまで、父に反抗したことはなかった私が、この高校進学のときに初めて「報徳には行きたくない」と逆らった。しかし、父は「ダメだ。報徳に行け」の一点張りである。やけっぱちになった私は「だったら川西明峰に行って甲子園を目指す！」と宣言したこともあった。

父の揺るぎない勧めに、私の心も次第に報徳へと傾いていった。兵庫川西ヤングの1学年上の先輩である村上友康さんと山本正樹さんが報徳に進学していて、おふたりから「報徳に来いよ」と誘われていたのも心に響いた。

父とともに、報徳の練習を見に行ったこともあった。グラウンドでは、選手たちがひたすら走らされていた。中にはきつくて地面に倒れ込むような選手もいた。それを見た父はひと言「このチームなら大丈夫だ」と言った。私は心の中で「何が大丈夫やねん！」と叫んでいた。

父の熱意と気心の知れた先輩ふたりの存在もあり、私は報徳への進学を決めた。でも、中学時代に目覚ましい活躍をしたわけでもない私に学校側から誘いが来るわけもなく、一般入試を経て報徳に入学することになった。

高校生となり、いい仲間にも恵まれ、学校生活はとても楽しかった。しかし入った野球部では、1年生だけひたすら走らされたり、スクワットをさせられたりするのみで、ボールには一切触らせてもらえない。私は毎日「何のために報徳に来たのか？」と思いながら、きついメニューをこなしていた。

報徳の校舎とグラウンドは同じ敷地内にあって、グラウンドの横には200mのトラックがあり、さらに河川敷にも隣接していたので「走る」場所に事欠くことはなかった。陸上部はあったが当時は駅伝が盛んで、トラックを使った練習はあまりしていなかった。だから、トラックも野球部専用のようなものだった。

トラックでは「TD（トラックダッシュ）」と呼ばれるタイム走をやらされた。60人が数グループに分けられ、トラックを「1周○秒以内」という設定で何周も走らされるのだ。しかも、グループ全員が設定タイムをクリアできないとやり直しになる。当然、足の遅い選手が入っているグループは余計に何周も走ることになる。

クリアしたときはグループがひとつになって盛り上がるが、クリアできなければ人間関係は悪化していく。60人いた1年生も、気づけば半分の30人ほどになっていた。結局、3年生の最後の夏までやり切った同期は25人。もちろん、この仲間たちとはいまでも深くつながっていて、いいお付き合いが続いている。

1年生の中でベンチ入りできたのは、夏の時点ではひとりだけだった。残りのメンバーである私たちは、ひたすらきついメニューを毎日やらされていた。1年生のベンチ入りが増えたのは、秋の新チームになってからだ。

私はピッチャーとして入部したが、新チームではキャッチャーと外野というポジションでベンチ入りすることになった。遠投では100mを超える私の肩を見て、コーチが「キャッチャーをやってみないか」と提案してくれたのだ。私たちの代はキャッチャーが少なかったのも幸いだった。こうして、私のキャッチャーとしての高校野球がスタートした。

高校2年生でセンバツに出場
――ストレスから円形脱毛症に

私は1年生の秋からベンチ入りし、秋の県大会では優勝。近畿大会に進んでベスト8にまで残るも、準々決勝で上宮に5－6で敗れてしまった。上宮にはのちにプロ野球選手となる山田真介投手（元・読売ジャイアンツほか）や三木仁選手（元・大阪近鉄バファローズ）などがおり、タレントが揃っていた。上宮はそのまま勝ち上がり、近畿大会で優勝。その優勝校と接戦を演じた本校は、翌1997年のセンバツ選考委員会で出場校に選出された（現在、近畿からは6校が選出されるが、当時は7校が選出されていた）。

私にとって初めての甲子園。父の熱意に負けて、まったく入る気のなかった報徳に来たのだが、早々と2年生の春に甲子園出場が決まった。レギュラーではなかったものの、私は夢だった甲子園出場を果たすことができたのだ。

センバツ出場の原動力となったのは、背番号10をつけていた左のエース・前田智章さんだ。前田さんは、左腕から繰り出す縦に割れる大きなカーブを武器に、三振の山を築いた。センバツ2回戦の日大明誠戦では、18三振を奪って2安打完封勝利を挙げている。10番の前田さんと、エースナンバーをつけていた右のエース・久保大佑さんとの継投で私たちはセンバツでも勝ち上がり、準決勝に進出した。準決勝では中京大中京に1－5で敗れたものの、センバツでベスト4の好成績を収めることができたのである。

実はこの頃、私はベンチ入りを激しく争う日々のストレスから、円形脱毛症になっていた。甲子園での試合中はベンチにいるかブルペンでキャッチャーをしていたため、テレビに映ることはなかった。でも試合に勝って校歌を歌う際には、控えキャッチャーだった私もテレビに映る。「円形脱毛症が映るのは嫌だな」と思っていたところ、母が眉毛を描くペンを貸してくれた。センバツ期間中、試合で勝ちそうになると8回ぐらいに私はベンチ裏に隠れ、チームメイトにそのペンで脱毛部分を黒く塗ってもらっていたのだ。

センバツ後の春の県大会では、正捕手だった3年生の栗林聡一さんが肩を痛めたため、私がマスクを被った（栗林さんは卒業後、慶応義塾大に進み、そこでも4番を打つほどの強打者だった）。この頃から、私は永田監督に徹底的に鍛えられた。いま思えば、あれはきっと期待の裏返しだったのだろう。練習中は、ほかのどの選手よりも厳しく指導されたものだ。

先ほど述べた左右のエースに加え、私たちの1学年上の代は野手の総合力も高かった（第2章でお話しした元プロ野球選手である肥田さんがライトを守っていた）。正捕手の栗林さんも、夏の大会前にはスタメン復帰を果たした。夏の県大会に臨むにあたり、私たちは「春夏連続甲子園出場」を目標に掲げた。

しかし、当時の兵庫は育英、神港学園、神戸弘陵、滝川二など、全国レベルの強さを誇るチームがたくさんあり、県大会を勝ち抜くのは至難の業だった。それでも私たちは厳しい戦いをいくつも制し、甲子園連続出場を成し遂げることになった。

夏の甲子園でも、私はベンチ入りすることができた。1回戦の日大東北戦は延長10回にサヨナラフォアボールで何とか勝ったものの、2回戦の浜松工戦で5－11と大敗を喫して甲子園での戦いを終えた。先輩たちは、苦しい県大会を勝ち上がるために、全精力を使い果たしてしまったようだった。それほどまでに夏の兵庫を勝ち抜き、甲子園でも上位進出を果たすのは難しいことなのだ。

「賢さ」を持った人間が多かった同期のメンバーたち

私は栗林さんのあとを受ける形で2年生の秋から正捕手となり、キャプテンにも指名された。比べるまでもなく、実力者揃いだった先輩たちよりも、私たちの代は大幅に戦力がダウンしていた。永田監督からも常に比較されていたため、負けず嫌いの私は「先輩たちの代を超えてやる」という強い反骨心を常に持っていた。
私たちの代の投手陣はエースの松村充弘と、第2章でも紹介したのちにプロへ進む1学年下の南竜介を軸として、ここ一番に強い村井大慈、努力家の光原逸裕などが脇を固めていた。光原は高校時代のストレートはMAX130キロそこそこで、3番手、4番手の存在だった。しかし彼は誰よりも努力を重ね、京都産業大、JR東海を経てプロ入りを果たした。当時の光原は、エースの松村が練習をやめるまで自分も絶対にやめなかった。

このように、私たちの代には練習に対して真面目に、かつ積極的に取り組む選手が多かった。先輩たちの代が夏の甲子園で負けた日、チームとしてはそこで解散して練習もなしというお達しだったが、私たちの代だけは学校に戻って練習をした。私の現役時代はこのように積極性、自発性のあるメンバーが揃っていたので、いまの教え子たちの中に自発性に欠けた人間がいるとどうしても腹立たしくなってしまう。

私たちの代は「勉強ができる」というよりも、生きていくうえでの「賢さ」を持った人間が多かったように思う。同期のメンバーとはいまでもよく集まって飲んだりするが、単に昔話に花を咲かせるだけでなく、各業界で生きている仲間たちから参考になる話や社会のいろいろな情報を聞けるので非常に勉強になる。同期にはそんな「頭の良さ」を持った人間が多かったので、当時は私もキャプテンとしてチームをまとめやすかった。

新チームとなり、秋の大会を戦いながら私たちの代は力をつけていった。そしてその結果、近畿大会で準優勝を果たし、翌1998年のセンバツ出場の当確ランプを灯した。

当時の私たちは、個々の力というよりも、全員野球の総合力で勝負するチームだった。その証拠に秋の県大会、近畿大会でのチーム打率は2割5分程度と、センバツ出場チーム中最下位レベルだったように記憶している。

1998年のセンバツで松坂大輔投手を擁する横浜と対戦
――甲子園史上初の150キロに手も足も出ず

1998年のセンバツといえば、優勝した横浜のエース・松坂大輔投手（元・ボストン・レッドソックスほか）が「平成の怪物」として全国に知られるようになった大会でもある。前年の明治神宮大会で優勝している横浜は、このセンバツでも優勝候補の筆頭と目されていた。そしてあろうことか、キャプテンだった私は抽選会で初戦の相手にその横浜を引いてしまった。抽選会後、チームメイトからは「何やってんねん」とどやされ、永田監督からは「そこでしばらく正座しとけ」と笑いながら言われたことを覚えている。

実はその前年、先輩たちの代のときに私たちは関東遠征で横浜と試合を行い、松坂投手とも対戦していた。しかし、1年の時を経て、松坂投手ははるかにパワーアップしていた。

2回表の報徳の攻撃、5番・鞘師の打席で松坂投手の球速が150キロを記録した。当時はまだ甲子園球場内で球速表示はされておらず、スタンドにいたプロ野球のスカウトのスピードガンによる計測だが、高校球児が甲子園で150キロの大台を突破したのは初めてのことだったそうだ。

横浜戦での私は、1打席目は見逃し三振に終わった。私たちは普段の練習から松坂投手対策として、160キロのマシンを打ったりしながら準備をしていた。しかし、実際に目にした松坂投手のストレートは、それまでに体感したことのない凄まじいものだった。

1球目にストレート、2球目にスライダーと、私はどちらもファウルにして「何とか食らいついていけば、ヒットは打てるかもしれない」と感じていた。ところが、追い込まれてからアウトローに来たストレートは、1球目とはまったく違うものだった。カウントを取りに来るストレートは140キロ程度（それでも十分に速い）、そして三振を取りに来るのは150キロのストレートと、当時から松坂投手は2種類のストレートを使い分けていた。あのアウトローの150キロのストレートは、きっとど真ん中に来ても私は手が出なかったと思う。

松坂投手の150キロのストレートは、ただ速いだけのマシンとは体感がまったく違った。甲子園でマウンドに立った松坂投手は大きく見えて、とても近くから投げているように感じた。

また、松坂投手は力でねじ伏せるだけではなく、巧みなピッチング技術と配球術も兼ね備えていた。強引に投げればもっと三振は取れたと思うが、松坂投手は決勝戦まで見据えたピッチングをしていたのだろう。すべてが高校生のレベルを超えていた。

2－6で迎えた最終回。1アウト・ランナー一塁の場面で私に打順が回ってきた。私は「よかった。最後のバッターにはならなくて済む」と思って打席に入った。しかし、結果は内野ゴロのゲッツーで試合終了。試合後にチームメイトたちと話をすると、みんな「最後のバッターにはなりたくない。回ってくるな」と思っていたという。「逆転の報徳」らしからぬ話ではあるが、それくらい松坂投手はすごかったのである。

ちなみに報徳戦に勝利した松坂投手は、そのままひとりで決勝戦までの5試合、計618球を投げ抜いて春の頂点に立った。

4季連続の甲子園出場を果たすも、最後の夏は初戦敗退

私たちの代の最後の夏となる1998年は「第80回記念大会」として出場枠が増え、兵庫大会が東西に地区分けされて、東西それぞれで代表を争うことになった。

前年の秋も、その年の春の大会も、私たちは県大会の決勝で滝川二に敗れていた。そして夏の大会は、決勝まで勝ち上がれば滝川二と当たる組み合わせになった。

準決勝まで私たちの対戦相手はすべて公立校だったが、どこと当たっても楽観などできないのが激戦区の兵庫である。私たちは油断することなく戦い、準決勝の市立神港戦で勝利を収め、決勝へと駒を進めた。一方の滝川二は、仁川学院（阪神タイガースの佐藤輝明選手の母校）との準決勝に4－6で敗れ、決勝進出を逃していた。

私たちは2大会連続で敗れていた滝川二との対戦がなくなり、チームとしてはどこかほっとした部分があった。でも、こんなときこそ油断禁物である。私たちは改めて気を引き締め直そうと、みんなで五厘刈りにして決勝戦に臨んだ（この頃には私の円形脱毛症もすっかり治っていた）。ちなみに、このとき五厘刈りにしてこなかった選手がふたりいたのだが、それがともにプロに行った鞘師と光原だった。

そして迎えた決勝戦、私たちは仁川学院を18―3と圧倒し、見事に4季連続の甲子園出場を決めた。これで東兵庫の代表は報徳、西兵庫の代表は東洋大姫路となった。

春のセンバツで横浜に敗れ、私たちに「打倒・松坂」の意識はもちろんあった。しかし、だからといって練習すべてが松坂対策になるわけではなく、あくまでも私たちは「兵庫を勝ち抜き、甲子園で優勝する」ということを意識していた。私たちの代はそれほど力があったわけではないが「日本一」という目標は常に掲げていた。授業を受ける私のノートの余白部分は「全国制覇」とか「日本一」という言葉で埋め尽くされていた。

夏の甲子園の1回戦の相手は富山商だった。私たちは、1回表に幸先よく1点を先制した。先発の松村の調子もよく、5回まで富山商を無安打に抑えていた。この先制点と松村の好投があって、私たちの心に油断が生じていたのかもしれない。4－2と2点リードで迎えた7回裏の富山商の攻撃で、私たちは満塁ホームランを打たれるなどしてよもやの6失点。結局そのまま、富山商には4－8で敗れ、甲子園2季連続の初戦敗退となってしまった。ちなみに富山商にとって、この勝利は「富山県勢10年ぶりの初戦突破」でもあったようだ。

私たちの代になってから、結果として甲子園で勝つことはできなかった。でも、4季連続で甲子園出場を果たしたことは、輝かしい記録だと誇りに思っている。父の熱意に負けて報徳に入学したのだが、家族全員の夢だった甲子園出場を成し遂げ、しかも4回も甲子園に行くことができたのだから、父には感謝するしかない。

こうして私の高校野球は終わった。目標としていた日本一には辿り着けなかったものの、野球に全力で取り組み「やり切った」という思いはある。高校時代の成績や結果には満足していないが、高校野球は勝っても負けても何か得たものがあればそれでいいと思っている。指導者となったいまも、そういった根本的な考え方は変わっていない。

立命館大に進学するも、まさかのケガによって絶望のどん底に

高校野球を終えた私は、卒業後の進路に関しては「大学で野球を続ける」ことしか考えていなかった。また、この頃も中学時代と同じく、まだプロに行くことしか頭になかったので「プロに進める大学」を念頭に置いていた。

このように、私の頭にはプロ野球が大前提としてあったので、第一志望は関東の大学をイメージしていた。しかし、父に相談すると「関西の大学に行け」と言う。高校進学のときと同様、地元の学校へ行くように促すのだ。永田監督に父の意見も含めて相談すると、立命館大を勧められた。立命館大には報徳の先輩も進学していたし、当時もドラフト指名選手を毎年のように輩出していた。このような経緯があり、私は立命館大に進学することになったのである。

大学に進んで、幸いにも私は新入生の中で唯一、オープン戦の帯同メンバーに選ばれた。プロ入りを考える私にとって、まさに理想ともいえる大学野球デビューだった。

「早く正捕手に選ばれて、プロからも注目されるようにがんばろう」

そう思っていた矢先の5月、Aチームの練習に入れていただき守備練習を行っている際、順

風満帆だった私を絶望のどん底へと叩き落とす悲劇が襲った。

セカンドに送球した際、肘にとてつもない違和感が走ったのだ。瞬間的に「肘の何かが切れた」と私は思った。すぐに病院へ行って診察を受けると、遊離軟骨が砕けて、その欠けた軟骨が関節の間に入ってしまったことがわかった。いわゆる「関節ネズミ」と呼ばれる症状である。関節内を遊離体が動き回るので、投げた瞬間に肘には激痛が走る。まともに投げることのできなくなった私は、1年生の8月に遊離軟骨を除去する手術を受けた。

「早く復帰しないとプロに行けなくなる」

入学早々にケガをしてしまった私は焦っていた。早く治すにはリハビリをやるしかない。そう考えて必死で私はリハビリに取り組んだ。しかし、早く復帰したいという思いが強すぎたのだろう。リハビリをがんばりすぎて、肘が炎症を起こしてしまった。肘の中では出血が起こり、その血が固まってさらなる痛みや痺れを誘発していた。やがて肘が動かなくなったため、私は翌年の2月に2回目の手術を受けた。1回目の手術は小さな傷で済んだが、2回目は骨化した血の塊を除去しなければならず、切開の傷も大きくなった。

2回目の手術後は、同じ過ちを繰り返すわけにはいかないので、まずは完治を目指して無理のないリハビリメニューを組んだ。しかし、リハビリを終えてボールが投げられるようになっても、昔のようには投げられなかった。「ケガが再発するのでは」という不安が常につきまとっていたので、思い切り投げるのが怖いのだ。そのため、腕をしっかり振ることができずに縮こまったフォームとなり、結果としてイップスになってしまった。

そして、その後も肘の痛みが消えることはなく、腕の肉離れをするなど私にはケガがつきまとった。あの手術から20年以上経ったいまも、私の肘は真っ直ぐに伸びないままである。

挫折と苦労の連続だった大学時代

プロを目指して意気揚々と大学で野球を始めたものの、最初の一歩でつまずいてしまったため私には絶望感しかなかった。

投げることができなかったので、バッターとして生きていくしかないと考え、真夜中の室内練習場でひとりマシンを打っていた。でも、一球打つたびに肘に激痛が走る。私は痛みをこらえ、泣きながら打ち続けた。

「いっそのこと、この肘を潰してしまおう」

そんなふうに思ったこともある。自暴自棄になり、練習中にいらついてボールカゴをぶちまけたこともあった。それまでの野球人生できつい練習はいくつもあったが、泣きながら練習したのは後にも先にもあの頃だけだ。

プロへ行くために野球を続けてきたのに、その夢を断たれて「何のために野球をしているのか」と毎日考えていた。精神的に苦しくて、眠れない日々が続いた。たぶんあの頃の自分は、心を病んでいたんだと思う。

私の肘が元通りになる可能性は極めて低かったが、私はわずかな可能性に賭けてトレーニングを続けていた。すると3年生の春になって、私はベンチ入りすることができた。

普段のノックなどにも加わっていないのに、なんで自分がベンチに入れるのか？　疑問に思ったので、松岡憲次監督に直接伺うと「ブルペンも大事だから、大角をベンチ入りさせてください」とピッチャーの小川裕介先輩が監督に進言してきたのだという。この頃の私は「野球なんて辞めてしまおう」と思うこともよくあったが、小川先輩のありがたい進言があったことを知り「先輩たちが卒業する4年生の春までは続けよう。それが先輩たちに恩返しするための自分の使命だ」と考えを改めた。

3年生の秋が終わり、先輩たちが引退すると私は新チームのキャプテンに任命された。松岡監督からそう告げられる前から、周囲の先輩やスタッフから私がキャプテンになるという情報は漏れ伝わっていたので、ある程度の心づもりはあった。しかし、私は4年生の春に野球をあきらめるつもりだったし、立命館大のキャプテンといえば3つ上が葛城育郎さん、2つ上が山田秋親さん（元・福岡ダイエーホークスほか）、1つ上が藤原通さん（元・阪神タイガース）とすべてプロ入りした錚々たる顔ぶれである。それだけに「レギュラーでもない俺が、伝統ある立命館大のキャプテンなんかしていいのか？」という葛藤とプレッシャーは、キャプテンに就任したあとも常に感じていた。

4年生になり、私は同級生からの叱咤激励により野球を続けることを決意するのだが（そのことに関しては次項でお話しする）、それまで続いていた3年連続全日本大学野球選手権大会出場も、私たちの代で途絶えさせることになってしまった。4年生のときのOB総会では、とあるOBの重鎮から「キャプテンがダメな代はダメです」と言われたこともある。でも、その直後に松岡監督が「大角というキャプテンがいたから、私たちはここまで来ることができました」と発言してくれて、私は救われた思いだった。

私たち4年生にとって最後となる同志社戦（秋のリーグ戦の最終戦）で、私は正捕手の代打として起用された。そしてそのまま守備になっても、松岡監督は私にマスクを被らせてくれた。試合後に「出していただいてありがとうございました」と感謝の言葉を伝えると「試合に出たのはお前の力だ。お前がいままでやってきたことの結果だ」と松岡監督は言った。普段の練習では大変怖い人だったが、心の内はとても温かい監督だった。松岡監督とはいまでもたまにお会いして、食事をさせていただいたりしている。

歪んでいた私の心を正してくれた友の言葉

4年生の春のリーグ戦、初戦の相手はプロ注目選手揃いの強敵・近畿大だった。当時の近大には同期に大西宏明さん（元・近鉄バファローズ）、林威助さん（元・阪神タイガース）、1学年下に糸井嘉男さん（元・阪神タイガースほか）、2学年下に藤田一也さん（元・横浜ベイスターズほか）などがいて、とても強かった。しかし、私たちはそんな強敵を相手に、初戦で4－0の完封勝ちを収めた。

初戦で勝利したものの、私の本音としては「なんで自分が出ていない試合で近大に勝つんや」という歪んだ感情があったのも事実である。ただ、表向きは「立命館大のキャプテン」としてうまく取り繕っていた。

当時、チームメイトに山口博史という同級生がいた。彼は名門・星稜の出身で、高校時代はずっとメンバー外だった。しかし、大学でも野球を続けたいと立命館大野球部に入ってきて、大学ではずっと学生コーチを務めていた。山口は選手以上に熱心に練習に取り組み、真摯に野球に向き合っていた。縁の下の力持ちとして裏方に徹する彼は、チームメイトからの信頼も厚かった。

近大との初戦のあと、山口から飲みに誘われて近所の焼鳥屋へ行った。「初戦の勝利を祝おうということやな」と私は気楽に行ったのだが、飲んでいる最中に山口の表情が急に変わった。「お前の仕事は何や？　キャプテンなんやろ」と真顔で山口が言う。「4番やエースは結果が出なかったり、ケガをしたりしても代わりがおる。でもキャプテンは代わりがおらん。うちのキャプテンはお前しかおらんのや」

私と同じように試合に出ることもなく裏方に徹し、しかも誰よりも真剣に練習に取り組んでいる山口の言葉だっただけに、私の心に響いた。自分ではキャプテンとして取り繕ってやっているつもりだったが、山口にはぜんぶ見透かされていた。彼の叱咤激励がすんなり自分の中に入ってきて「いまのままではいけない」と私は気づくことができたのだ。

厳しかった高校の部活を終えた卒業生が「苦しい練習を毎日続けてきたので、今後はどこに行ってもやっていけます」といったことを口にしたりする。でも、私は本当にしんどいのは体力的なしんどさではなく、精神的なしんどさだと思う。私自身、高校時代につらい練習はたくさんしてきたが、大学の4年間に比べれば取るに足らないものだ。私の大学4年間は、出口の見えない泥沼でもがき続ける日々だった。上賀茂神社の近くにある立命館大のグラウンドに行くと、あの頃を思い出していまでも涙が出てきそうになる。

私が大学で肘を痛めることなく、あのままレギュラーとなっていたら、いまの私のような指導はたぶんしていないだろう。現在の私の生徒との向き合い方は、大学の4年間で培われたものだ。控えとしての生き方、裏方としての在り方を経験していなければ、いまの私はないと断言できる。

山口は大学卒業後、如水館や鳴門工（現・鳴門渦潮）でのコーチ、高岡第一での監督などを経て、いまは大阪の箕面自由学園で監督をしている。近くにいるということもあり、彼とはいまでも頻繁に会うし、相談もする仲だ。

2023年のセンバツ準々決勝で私たちが仙台育英と対戦する直前、山口は宿泊するホテルに陣中見舞いに来てくれた。そのとき持ってきてくれた菓子折りには付箋がついていて、そこには「誰に何を言われようが自分と選手を信じて、思い切って采配しろ」と書かれてあった。これを読んで私の気持ちも吹っ切れて、迷いなく采配することができた。その付箋は、ファイルに入れていまでも大切に取ってある。

大学卒業後は「野球にはもうかかわらない」と決めていたが……

実は、私は大学に5年間通った。立命館大のキャプテンは重責である。4年生になったとき、私は親に「最後の年だから野球に集中させてほしい」とお願いして、留年することを許可してもらった。当時は消防士になりたいと思っていたので、5年目に足りない単位を取りつつ、消防士の勉強もしようとプランを立てた。大学の4年間で私にとっての野球はストレスでしかなくなっていた。だから、卒業後に野球に携わることなど、当時の私は微塵も考えていなかった。

先に触れた同志社大との最終戦のあと、私は高校時代の恩師である永田監督と部長だった竹村洋一先生に、ご報告と御礼を兼ねて電話を入れさせていただいた。しかしそのとき、竹村先生は電話に出なかった。

その数日後、報徳時代の後輩から「竹村先生がお亡くなりになりました」という連絡が入った。お通夜に参列すると永田監督がいて「話があるんで明日学校に来てくれ」と言われた。明くる日、学校を訪ねると永田監督から「報徳に戻ってきて俺を助けてくれないか」と頼まれた。

すでにお話ししたように、私は大学の4年間で野球に疲れ果てていた。最後の同志社戦が終わったときは「やっと終わった」と肩の荷が下りた思いだった。しかしその数日後に、永田監督から「報徳に戻ってきてくれ」と言われて、私は「また野球か……」と思った。それが、あのときの私の正直な気持ちである。

私は悩んだ。消防士になろうと真剣に考えていたし「本気でやる野球はもうおしまいだ」とも思っていた。しかし、心のどこかに「母校と永田監督、そして『タッケン』と呼ばれて誰からも愛されていた竹村先生に恩返しをしなければ」という気持ちもあった。

大学に戻って山口に相談したところ「俺も高校野球の指導者になるつもりだから、一緒にがんばっていこうや」と言われた。信頼する山口のその言葉を聞いて、私も「母校で指導者になろう」と覚悟を決めた。

大学5年目は足りない単位を取得しつつ、教職課程もできる限り取った。日中は大学で勉強、平日の夕方と土日は母校の練習のお手伝いという二足の草鞋生活を続けた。当初は教職課程で公民を取っていたのだが、永田監督や当時の部長からは「社会はなかなか空きがないから国語を取れ。そして報徳に残れ」とアドバイスを受けた。もともと私は理系の人間で、高校時代も理系を専攻していた。「理系の俺が国語?」と最初は戸惑ったが、大学卒業後は通信に切り替えて国語の教員免許を取得。その後正式に国語教諭として採用されることとなった。

竹村先生は、高校時代の私たち選手の心の拠り所だった。生物を教えていた竹村先生は、野球経験はないのに部長を務めてくれていた。センバツの横浜戦が終わったあと、私は「30打席ノーヒット」の大不振に陥っていた。父にも相談したが一向によくならず、竹村先生に冗談っぽく「なんで打てないんですかねー」と聞くと、先生は「お前な、『なんで打てないんだろう?』とそんなことばっかり考えてるから打てへんのや。いいときはどんな打球を打っていたか、どんなスイングをしていたか思い出してみーや」と返された。野球ド素人の竹村先生が、このような名アドバイスをくれるとは失礼ながら私は思いもしなかった。

竹村先生の言葉により、私は調子のいいときは右方向に鋭い打球が飛んでいたことを思い出した。そのスイングをイメージして練習に取り組んだところ、次の試合で左中間にホームランを打つことができた（イメージでは右方向）。

「タッケンの言葉は神のお告げや」

現金な私はそう思ったものだ。

竹村先生の家は学校から遠いにもかかわらず、普段の練習でも先生はみんなが帰るまで最後まで見てくれていた。私も何度も自主練に付き合っていただいた。永田監督が父だとするならば、竹村先生は野球部の母親的存在だった。私はいまでも竹村先生の命日と正月、そして大会前には必ずお墓参りをしている。

2003年から母校のコーチに
——その後、部長を経て2017年に監督に就任

私が大学4年生（2002年）のとき、報徳はセンバツで優勝して3度目の日本一を達成した。立命館大のキャプテンだった私は、活動の合間に準決勝の福井商戦の応援に行った。アルプス席で母校の生徒たちと一緒に応援したのだが、私が気楽に母校の対戦を観戦できた唯一の試合でもある。この試合以降、2003年から私は母校のコーチとして携わっているので、とてもではないが気楽に見ることなどできない。

その後も本校は2004年春夏、2007年春夏、2008年夏（ベスト8）、2009年春（ベスト4）、2010年夏（ベスト4）、2011年春、2013年春、2014年春とコンスタントに甲子園出場を続けた。

2004年の夏は、1回戦で横浜と当たった。私たちは横浜のエース・涌井秀章投手（中日ドラゴンズ）に抑え込まれて2－8で敗れた。このときの大会には涌井投手のほか、東北のダルビッシュ有投手（サンディエゴ・パドレス）もピッチャーとして注目されていたが、ふたりともストレートの質が高校生離れしていた。

２０１０年夏のベスト4も、とても思い出深い。準決勝の興南戦はうちが先制して5点のリードがあったものの、中盤以降に逆転されて５－６で敗れた。興南の我喜屋優監督は自チームのことを「ちびっこ軍団」と呼んでいたが、私はキャプテンの我如古盛次選手を見て「すごい体をしているな」と思った。身長は１７０センチ程度なのだが骨太でパワーがあり、まさに筋骨隆々という言葉がふさわしい体格をしていた。我如古選手の印象が強すぎて、私は「沖縄の選手」と聞くと、なぜか筋骨隆々でパワーあふれる選手をイメージしてしまう。

２０１３年春に私は部長となり、翌２０１４年のセンバツに出場。しかし、初戦で私たちは沖縄尚学と対戦して、０－１の完封負けを喫した。ちなみに、このときの沖縄尚学の選手たちも体格のいい選手ばかりだった。

部長となって5年目を迎えようとしていた２０１７年の1月下旬、私たちはセンバツ出場チームに選出された。その直後、私は永田監督に呼ばれて、センバツを最後に退任すると伝えられた。永田監督からは「まあ、これがいいタイミングだと思う。あとは頼む」と言われ、私に断ることなどできるわけがない。本書でお話ししてきたように、かつての私は指導者や教師になりたいとは思っていなかった。しかし、母校に復帰して14年間コーチや部長をやらせていただき「いずれそういうときが来るかもしれない」という覚悟はできていた。

センバツ出場後の２０１７年4月に、私は永田監督のあとを受けて正式に監督に就任した。

そこからの戦績は第1・2章でお話ししてきた通りである。

監督となるまでの14年間、私は永田監督のもとでチーム運営をお手伝いしてきた。自分ではある程度監督のすべきことを理解しているつもりだったが、いざやってみると大変なことばかりで監督の責任の重さを痛感した。

監督になってから甲子園に春夏通算4度出場して、準優勝が2度、ベスト8が1度、全14戦で10勝4敗が現時点での私の戦績だ。

甲子園での勝率が7割を超えていることから「勝率が高いですね」とお褒めの言葉をいただくこともある。しかし、私にはその実感があまりなく、それよりも決勝に2度も進みながら勝ち切れていないことのほうが問題だと思っている。もしまた、甲子園の決勝に進めるチャンスがあれば、次こそは「三度目の正直」として頂点に上り詰めたい。いま、報徳の監督として考えているのはその一点だけである。

HOTOKU
HOTOKU

第4章

報徳思想を柱とした私の指導論

報徳学園の教育理念が私の指導にも生きる

第1章で触れたように、本校にはOBなら誰もが知っている教育理念がある。それが二宮尊徳の「以徳報徳（徳を以て徳に報いる）」の全人教育を柱とした報徳思想だ。

そして、もうひとつの柱が文武両道を意味する「経文緯武」である。心身のバランスが取れた人間形成を目指して、授業・補習・講座などを効果的に組み合わせたきめ細かい教科指導、活発なクラブ活動、社会に出ても通用する人間を育成するための生活指導、そして社会に役立つ人間として自己実現を可能にするための進路指導。本校ではこれらの教育、指導が日々実践されている。

私たちは、社会の恩恵を受けて生活している。だからお互いに認め合い、関係のあるものすべてに感謝をして、恩返しをしていく。私も現役の高校生だった頃から、永田監督はもちろん、学校の先生たちから「感謝を忘れるな」と教えられてきた。

本校では、いま説明した建学の精神について学ぶ「報徳講話」という授業も行っている。通常は各クラスで担任の先生が実施する。私が高校生だった頃は1週間に1回、必ず報徳講話の授業が盛り込まれていた。現在は1か月に1〜2回、ホームルームのときに実施されている。

いまでも職員室の私の机には、高校時代につけていた報徳講話の授業のノートが置いてある。当時の私は報徳講話の本当に意味するところをあまり実感できていなかったが、大人になってから読み返してみると、教えられることや学ぶことが実に多い。だから、このノートを事あるごとに読み返して、私自身の指導にも生かすようにしている。

私は国語の教諭ということもあり、本はよく読むほうである。「この本がいいですよ」と人に勧められたら、その場ですぐにインターネットで購入することもよくある。最近の愛読書はジム・コリンズの『ビジョナリー・カンパニー』という、企業を繁栄させるための組織論を語った本だ。さまざまな企業を統計的に比較して繁栄と衰退の原因を探り、その法則を明らかにしていくといった内容なのだが、こういった組織論は私がチーム作りをしていくうえでもとても参考になる。

最近は心理学の本などもよく読むが、人生は「一生勉強」だと思っているので、野球のことだけではなく、いろいろなことから学ぶ姿勢は持ち続けていきたい。

「勝たなければならない」から「勝たせてあげたい」と心境が変化

――さまざまなチームビルディングで選手の個性を引き出す

私が母校のコーチとなって以降、野球部の長い歴史も踏まえて「チームの勝利」を常に目指してきた。「勝たなければならない」という使命感は常に持っていたつもりだったが、2017年に永田監督からその役割を受け継ぎ、その使命感の重さを改めて実感している。

私は私学の高校野球チームの監督として、そして自身の仕事として、結果を出さなければならない立場にある。言い方は悪いが、選手たちは甲子園を求めて本校に入ってきてくれたお客さんだ。お客さんはその商品に対して、払っただけの対価を求めてくる。うちのチームの対価が「甲子園出場」なのであれば、私はその責任を全うしなければならない。監督という立場にある人間として、私には勝たなければならない責任があるのだ。

だが、監督に就任した当初から感じてきた「勝たなければならない」という思いが、最近は「勝たせてあげたい」に変わってきた。

2018年夏に監督として初の甲子園出場を果たしてから、本校はしばらくの間甲子園から遠ざかっていた。2022年秋の近畿大会に進んだときは、これでダメだったら監督を辞する覚悟だった。結果として私たちはセンバツ出場を果たし、私も辞めなくて済んだのだが、あの頃に私の中で何か吹っ切れたものがあったのかもしれない。近畿大会の前あたりから「勝たせてあげたい」と思うようになっていたのだ。

秋の近畿大会は、翌春のセンバツ出場がかかった大事な大会である。それなのに2022年秋の近畿大会の直前、私はチームビルディングの一環として選手たちに丸一日自由時間を与え、外に遊びに行かせた。具体的には、学年をまたいで野球部全員を1班10人弱のグループに振り分け、それぞれの班で行きたいところに遊びに行かせたのである。選手たちはUSJに行ったり、スポッチャに行ったりとそれぞれが休日を満喫したようだった（全員が揃った昼食風景と、最後の解散のときの集合写真を私に送るのが決まり）。

本来であれば、もちろん近畿大会の直前はしっかり練習しておきたい。でも「ダメだったら監督を辞めよう」と思ったことで、私自身の中に心の変化が起こった。開き直りと言い換えてもいいかもしれない。それまでの「甲子園に行かなければ」という力みがなくなり「選手たちを生かすにはどうしたらいいか？」と考えるようになったのだ。そして選手たちに一日休みを与え、リフレッシュしてもらうことに決めた。もちろん、この一日の休みがあったから、甲子園出場が実現したなどと短絡的なことは言わない。でも、私から力みが抜けたことにより、チームにも何らかの変化があったのは事実である。

私のチームビルディングの考え方には、隣でいつも練習しているラグビー部の存在が大きく影響している。うちのラグビー部は花園の常連として知られ、近畿圏でも強豪のひとつとして認知されている。しかし、普段の練習はとてもメリハリが利いていて、厳しい練習だけでなく学年を飛び越えてチームがひとつになり、楽しそうに盛り上がって練習していたりすることもある。この「やるときはやる、抜くときは抜く」というラグビー部のやり方が、私にはとても新鮮に映ったのだ。

２０２４年の秋、県大会で早々に負けてしまったこともあって、私はチーム内でリーグ戦を行った。野球部全員を5チームに分けるために、まずそれぞれのキャプテン、副キャプテンを私が任命した。そのあとはキャプテン、副キャプテンによるドラフトを行い、チーム内の選手を順番に取っていき、5チームを作って総当たりのリーグ戦を実施したのである。全員が出場できるよう規定打席数も決め、ピッチャーも全員マウンドに上がるようルールを定めた。優勝チームにはご褒美として、毎年秋に行われているローカル大会への出場権を与えた。

このチーム内でのリーグ戦もチームビルディングの一環なので、それぞれのチームで目標を設定させ、どういう野球をして戦っていくのかを考えさせた。そして、試合ごとに内容を振り返り、その試合における反省と次の試合に向かってどうしていくかというビジョンをノートに書かせた。

こういったチームビルディングを繰り返していると「この選手はこんなリーダーシップがあったのか」「こんな一面があったのか」など、新しい発見がたくさんある。私たち指導陣の前では自分を出さない選手でも、選手主体の行動を促すことで意外な一面が見えたり、普段見せない姿が出てきたりする。

また、最近はグループごとのミーティングの回数を増やすようにもしている。最低でも週に1回はグループミーティングを入れて、キャプテンと副キャプテンを中心にみんなで意見を出し合ってもらっている。全体ミーティングだと意見する選手はだいたい決まっていて「ただ聞いているだけ」という選手が多くなる。私はそれぞれの選手に自分の考えを持ってほしい。だから、すべての選手が意見を言いやすい環境を作ってあげるのが大事だと思い、グループミーティングを増やしたのだ。

褒めることは大切だが無理に褒める必要はない

私は昔からほとんど褒めることをしない。褒めるのが下手なのは、父から褒められた経験がないからかもしれない。

現代の教育では「長所を伸ばす」ことが重要だといわれる。ただ、野球では攻撃も守備も、その両方をこなさなければならない。「攻撃が得意で守備は苦手だから、守備練習はしない」では通らない。また、守備の欠点があまりにも大きいと、長所（攻撃）がそれに足を引っ張られて成長が妨げられることにもつながる。自分のマイナス要素に気づき、修正を施していかなければ、長所も伸びることはない。

さらに、野球はチームスポーツなので、その欠点が周囲に迷惑をかけるようでは大問題である。だから最低限、自分の短所をプラスマイナスゼロの状態に持っていく必要がある。それによりストレスが軽減され、長所もさらに伸びていく。

「バッティングはすばらしいが守備がまるでダメなので、とりあえずファーストでも守らせておこう」という考えは高校野球にも多い。しかし、ファーストほど多くのプレーに関与するポジションはなく、高い捕球技術も求められる。だから私は、守備が苦手な選手にファーストを任せることはしない。もっと言えば、どんなにバッティングがよくても守備がダメな選手は、うちではレギュラーになれない。

私は基本的に「走攻守のバランスの良さ」に重点を置き、選手を指導している。従って長所を伸ばすだけではなく、その選手の短所にも目を向けて、しっかりと理解したうえで指導するよう心がけている。良い点は良い、悪い点は悪いと明確に認識し、適切に対処することが重要だと考えているからだ。指導者がうわべだけの言葉をかけても、選手にはすぐに見透かされてしまう。選手の気持ちを乗せることと、おだてることの違いを指導者はしっかり理解して、選手と真っ直ぐに向き合っていくことが大切だろう。

褒めて伸ばすのもいいことかもしれないが、だからといって無理に褒める必要はない。真の自信とは、できなかったことができるようになることで育まれる。努力の成果として何かを成し遂げたとき、初めてそれを大いに称えるべきだ。もともとできる部分を褒めることよりも、もっとも評価すべきは困難を乗り越えて成功を手にした瞬間であろう。指導者のそういった姿勢が、選手の大きな成長につながるのではないだろうか。

私は普段から、気をつかって無理に褒めるのではなく、思ったことを率直に伝えるようにしている。そのため、選手たちからは「怖い監督」と思われているかもしれない。しかし、授業では自身の頭皮ネタなどの冗談を交えてリラックスした雰囲気を作ることもあるので、選手たちも私の人間性はある程度理解してくれているはずだ。グラウンドでは厳格に接するが、ミーティングでは冗談を言うこともよくある。ただ、それでも頭皮ネタなどは、選手たちもどこまで笑っていいのか時々戸惑ってはいるようだが……。

選手と私との距離感は、意図的に作っているものである。私は選手たちとなあなあの関係にはなりたくない。指導者の中には、選手と友だちのように接する人もいるが、それは私の指導方針には合わない。距離が近くなりすぎると、指導者としての立場が曖昧になり、選手に対する適切な指導ができなくなる。指導者と選手の関係は、一定の緊張感を持つことが大切だと私は考えている。

例えば、遠征から帰ってきたBチームやCチームの選手に「今日の試合はどうだった?」と聞くと、彼らは「ヒットを1本打ちました」と自分の良かった部分だけを強調する。しかし、引率したコーチに確認すると「いやいや、全然ダメでした。守備や走塁のミスが多かったです」とほかの事実が明らかになる。このように、選手との関係が馴れ合いになると、彼らが自分自身に対して甘くなる。それを防ぐためにも、私は選手たちと適切な距離を保つようにしているのだ。

不易流行
——いまの時代に合った練習、プレーを考えていく

監督に就任してから、私は大胆にチーム改革を施してきた。例えば、高校野球では手堅いプレーが推奨されるが、私はときによっては大胆なプレーも必要だという考え方である。だから、内野の守備では逆シングルやジャンピングスローも導入している。

「基本に忠実」がモットーの高校野球では、正面に入って、しっかり腰を落として両手で捕るのが基本とされる。もちろん、私もその基本の大切さは重々理解している。しかし、間一髪でアウトにするためには、あるいは勝つためには、ときとしてジャンピングスローも必要なプレーとなる。大きく振られた打球が来たときは、正面で捕って投げるより、明らかにジャンピングスローで対応したほうが速いことが多い。このように、単純に「ひとつのアウト」「ひとつの勝利」を追求していくと、かつての考え方を改めなければいけないことが多々あるのだ。

例えば、ショートの前に転がってきた弱い打球にダッシュで突っ込んでいき、それを正面で捕ったまま踏ん張って一塁に送球するのは、運動力学的にいっても無理がある。基本を大切にするあまり、無理な動きをして打者をセーフにしているようでは意味がない。

ここまで、私の改革の一例をご紹介したが、とくに守備において、本校は基本をとても大切にしていることは付け加えておきたい。だから、シーズンオフは守備の基本練習を徹底して行う（その練習法に関しては第5章でご紹介する）。基本があっての応用だということは、野球もすべて同じだと思う。

また、そのほかに私が現役だった頃から行われていた「1年生のTD（トラックダッシュ）」は、通常のランメニューとして全員で行うようにした（とくにシーズンオフ）。昔は主に1年生の強化期間に課せられたきついメニューだったが、入学間もない新入生に無理をさせて体を痛めたりしたら本末転倒である。だから、いままでは無理なく基礎体力をつけてもらうよう、入ったばかりの1年生には別のメニューを組んでいる。

全員で行うTD（1周200メートルのトラックを走る）は、持久力を高めるだけではなく、チームの団結力を高めるうえでも本当にいい練習だと思う。10～15人程度を1グループとして、1本（トラック1周のときもあれば2～3周を1本とすることもある）を設定タイム以内に走り切らないとクリアできない。トラック1周のときはそれを10本程度行う。1周のときの設定タイムはだいたい32～35秒である。私が現役の頃は1本が7周で、それをトータル10本以上は走らされた。いまでも、終わったら泣く選手がいる。つらくて泣き、達成してうれしくて泣く。そんな涙、涙の練習がチームの団結力を高めてくれている。

TD（トラックダッシュ）を行う1周200メートルのトラック

「不易流行」という言葉があるが、世の中には「変えていいもの」と「変えてはならないもの」があると思う。これは野球部の練習にしても同様で、昔のものだからといって一概に否定してしまうのは間違っている。我が校に脈々と受け継がれてきた「報徳魂」は、何があろうと決して変えてはならないものだ。昔から続くメニューでもいいものはたくさんあるし、うちのTDのようにちょっと変えるだけで、いまの時代に合った練習になるものもある。私たち指導者はそれを見定め、いまの選手たちにもっとも適切な練習を考えていかなければならない。

毎日を振り返り、明日に生かす
――アプリの活用

日々の練習や試合を振り返り、良かった点、悪かった点を洗い出し、何を改善していかなければならないのか、そのためには何をしていけばいいのか、などを考えていくことはとても大切なことである。それを実践していくために、かつては選手たちに野球ノートを書かせたりしたこともあった。

いろいろと日々の行動を振り返る手段を試してみたが、いずれも長続きしない。そこでいまは「ONE TAP SPORTS」という体調管理のアプリを各自のスマホに入れさせて、それで毎日を振り返ってもらうようにしている。
一時、メジャーリーグで活躍する大谷翔平選手（ロサンゼルス・ドジャース）が高校時代につけていた、マンダラチャートが話題になったことがある。大谷選手のように、しっかりと目指すべき目標を持ち、マンダラチャートのように細かく目標設定できればいいのだが、いまの選手たちはそれを任せっきりにするとやらない者のほうが多い。だから私は選手任せにするのではなく、アプリを活用して自分を見つめ、振り返り、今後どうしていったらいいのかを管理できるようにしたのだ。この「ONE TAP SPORTS」というアプリは、全国の部活動で広く活用されているのでご存じの方も多いだろう。

このアプリでは食事、睡眠時間、体重などの基本データから、その日の練習メニューや自分の感覚などを記録していくことで「どのような状態や感覚でプレーしたときに、いい結果が出たのか」などもわかるようになる。私自身、大学時代に日記をつけていたのだが、肘の手術から復帰したあと、アイシングをしないときより、アイシングをした翌日のほうが動きが悪くなっていることに気づいた。日々を振り返ることを続けていくと、このように一般的には良しとされることが自分には合わないとか、さまざまなことが見えてくるようになる。

毎日の練習を振り返ることは、自分自身を見つめ直すことにもつながる。自分の長所や欠点が見えてくれば、おのずとやるべきこともはっきりしてくるだろう。

アプリに打ち込んだデータは監督、コーチ、トレーナーも見ることができるようになっている。基本的にはトレーナーが管理をしてくれていて、各自の体調を見つつ、気になることがあればその都度アプリを通じてアドバイスを送ってくれている。もちろん、私も気づいたことがあれば、忘れないうちに各自に直接伝えるようにしている。ただ、あくまでも選手自身が気づくことが大切なので、私があーだ、こーだと細かいことは言わないようにもしている。

いまの選手たちは私が怖いのか、あるいは遠慮しているのか、直接アピールしてくることが少ない。しかし、このアプリを導入したことによって、アプリを通じてアピールしてくる選手がたまにいる。そのような選手には「勘違いするな。アピールしたいことがあるならば、直接言ってこい」といつも言っている。このアプリを使う目的は、自分自身を振り返りながらいろんなことに気づき、根拠を持ち、目標を設定して練習に取り組むことなのだ。

ユニフォームより制服、制服より私服
――私服のときこそ正しい行動を

前項でご紹介したアプリは、選手の自主性を育むために活用している。選手の力を伸ばすには、何よりも自分で考えて動くことが重要である。

また、選手たちが正しい行動を取れるように、普段から言い続けていることがある。それは、

「ユニフォームより制服、制服より私服」

という言葉だ。

ユニフォームを着てグラウンドに立っている姿や行動は、言ってみれば半分作られたものである。制服を着て学校にいるときは、ユニフォームほどではないが「高校生」という自分を作っている。自分を作らず、一番素の状態に近いのが、私服を着ているときだ。私服を着ているときが、それぞれの本当の姿なのだから、私服を着ているときこそ正しい行動を取れるようにならなければいけない。そういう意味合いを込めて「ユニフォームより制服、制服より私服」と選手たちにはいつも話しているのだ。

私が選手たちを管理し、命令をして何かをやらせても、それは自主性でもなければ、自発的な行動でもない。私服を着ているときに、正しく自分で動けるかどうか。つまり、私服を着ているときが、選手たちにとって一番の練習の時間だともいえよう。

私の20年以上に及ぶ指導経験から言えるのは、普段の生活態度がプレーにも表れるということだ。

本章で、私がジャンピングスローをある意味では推奨している話をしたが、ジャンピングスローは基本をしっかり身につけているからこそできることだ。普段の生活で当たり前のことを

当たり前にきっちりできるようになっていなければ、肝心なところでジャンピングスローをしても成功することはないだろう。

ジャンピングスローは「ここぞ」という難しい場面で出てくるプレーなのであって、簡単なゴロでも基本を疎かにしてジャンピングスローで対処しているような選手は、単に楽でかっこいいプレーをしたいだけである。そのような選手は、普段の生活でもすぐに楽をしようとしたり、手を抜こうとしたりする。だからグラウンドでも、簡単なゴロを腰も落とさず、手を抜いた姿勢で捕りに行こうとする。

グラウンドと普段の生活は直結している。これは何も野球に限った話ではなく、人間誰しも同じだ。サッカー部やラグビー部の選手たちにしても、普段の生活態度や授業中の態度がプレーに表れているものだ。

普段の生活でうっかりミスの多い人は、プレーでもボーンヘッドが多い。逆に言えば、本番で勝負強さを発揮する人は、普段からコツコツと地道な努力を続けている。何事も一過性のものにしないためには、私服のときにこそ正しい行動を取るようにすることを継続していかなければならないのである。

根気強く伝え続けることの大切さ
――時代に合った指導を模索

体罰や厳しいだけで意味のない練習は、部活動の指導として認められるべきではない。しかし、しんどくてつらい練習は、ときとして選手たちの本質を引き出す。体力の限界に達したとき、その人の本性が浮き彫りになるのだ。

高校や大学を卒業して社会に出れば、厳しい現実に直面することが多々ある。その際、困難を乗り越えるための「根性」は不可欠である。根性とは単なる我慢強さではなく、困難をどう打開するか、あるいはあきらめずに知恵を働かせ続けられるか、そういったことも含まれる。また、地道に努力を積み重ねる力も根性の一部だと私は思っている。

一般的に、根性はつらい練習を通じて培われるとされているが、その一方で「根性不要論」も耳にする。しかし、野球だけでなく人生において、しんどいときは必ず訪れる。その際、ただ「根性で乗り切る」という漠然とした意識ではなく、知恵を絞って壁を乗り越えようとすることこそが、本当の意味での根性ではないだろうか。その知恵を生み出すためにも、根性は必要なのだ。

現代では、根性という言葉が敬遠されがちであり、とくに若い世代の間ではその傾向が顕著だ。しかし、それは年配者が「いまの若い者は」と言うのと同じことであり、単なる世代間の意識の違いに過ぎない。「不易流行」という言葉が示すように、変えてはならないものと変えなければならないものがある。重要なのは、何が大切で何が不要なのかを本質的に見極めることである。

私は、年配者が若者を一方的に批判するのは適切ではないと考えている。若い世代の言動の中には学ぶべきことも多く、それを素直に認めて吸収しようとする姿勢を持つことも必要であろう。若者が大人から学んでいくのと同様に、大人も若者から学ぶ姿勢を持たなければならない。少なくとも私は、そう思って日々学校で生徒たちと接している。

報徳思想や二宮尊徳の教えは、孔子の思想に由来している。紀元前に生まれた思想がいまなお受け継がれているという事実は、それが本質的に不変の価値を持つことを証明している。良いものは良い、悪いものは悪いと明確にすることが重要であり、世間一般の常識と報徳の常識がかけ離れていてはならない。

学校の教員は、学内業務が多忙なため、社会に触れて勉強をする機会が不足していると言われることがある。社会に通用する人間形成を目指す以上、教員自身も外に出て多様な経験を積むべきだろう。社会の常識が変化しているにもかかわらず「報徳はこうだから」と旧来の考え方に固執するだけでは、生徒たちを適切に指導することはできない。社会の厳しさを教えるにしても、教員自身が社会を知らなければ説得力を持たないのだ。

ナポレオンは「人の心を動かすのは恐怖と利益」と語ったといわれるが、最近の選手を見ていると指導の難しさを痛感する場面が増えているように思う。

かつての、厳しい指導が許された時代には「これをやったら怒られるのではないか」という感性が選手の側にはあった。しかし、いまはグラウンドにボールが落ちていても拾わない選手が多い。コーチ時代には、ボールが落ちていれば1個につきグラウンドを何周も走らせた。そうすると、翌日にはグラウンドに落ちているボールはひとつもなくなるのだが、これは怒られることや走らされることへの恐怖が選手の行動を変えたといっていいだろう。

先日、強風によってグラウンドの防球ネットが倒れていたので私はそれを起こした。近くに数名の選手がいたにもかかわらず、彼らは私の行動を見ているだけで、ネットを起こそうとはしなかった。数年前であれば、怒鳴りつければ選手たちはすぐに動いた。「ヤバい」と焦りながらも行動を起こした。でも、令和といういまの時代を生きる指導者として、私は恐怖を植えつけるやり方やエサで釣るような指導方法を用いたくない。だから、気配りや目配り、気づきからつながる行動力の大切さはその都度話をするようにしている。

だからこそ、いまは根気強く伝え続けることを大切にしている。かつてのように罰を与えたり、怒鳴りつけたりすることはせず、冷静に諭すよう心がけている。とはいえ、そういった根気のいる指導に限界を感じ始めているのも事実だ。

そこで2024年のシーズンオフから、部員との個人面談を増やすことにした。チーム全体への声がけだけでは、指導の意図が薄れてしまうこともあるため、一人ひとりと向き合う機会を増やすことにしたのだ。単なるグラウンドでの立ち話ではなく、膝を交えて真剣に選手の話を聞く。人数が多いので時間はかかるが、2~3か月をかけてじっくり取り組んでいきたいと思っている。

元・阪神の葛城育郎氏をコーチに招聘した理由

2021年春に、立命館大時代の先輩でもある葛城育郎さんを、本校の外部コーチとしてお迎えした。

葛城さんをお招きしたのには、次の3つの意図がある。
①高い技術を学びたい
②外部の血を入れたい

③こだわりをもって飲食店を経営されているので、その社会経験も含めて選手に教えてあげてほしい

うちのスタッフは私も含めて、全員が大学までで野球経験が止まっている（スタッフ構成の詳細は第5章で）。社会人やプロの高い技術を選手たちに学ばせてあげたいという思いは常にあったので、学校側から「外部コーチを入れてもいい」という許可が下りたタイミングで、大学時代の3学年上の先輩でもある葛城さんに声をかけさせていただいたのである。

葛城さんは西宮駅の近くで「酒美鶏　葛城」という焼鳥屋さんを経営されている。私はコーチをお願いする以前からその店に長く通い続けている。

そして、お店に行くたびに、私は野球に関する質問や相談を葛城さんにしていた。ある日のことだ。私たちは公式戦で、落ちる系（フォークやスプリット）が決め球のピッチャーに手も足も出ずに敗れた。このような落ちる系のボールを投げるピッチャーには、どう対応すればいいのか。それを、動画も見てもらいながら葛城さんに質問してみた。

その試合でうちのバッターは、ワンバウンドするようなフォークを振らされていた。動画を見た葛城さんは「確かにいいフォークだけど、この低めに投げさせないために何ができるかを考えないといけない」と言った。

葛城さんは「低めに目付けをして、ボール球に手を出さないのは大前提」としたうえで、出

塁したランナーがバッテリーにプレッシャーをかけて、フォークを投げづらくする戦術を「ヒザゴー」という言い方で教えてくれた。

ワンバウンドするようなフォークをピッチャーが投げれば、当然キャッチャーは両膝を着いて捕球する。バッターはそのボール球に手を出してはいけないし、ランナーはその瞬間を見逃さず、次の塁を狙わなければならない。それが「ヒザゴー」の意味するところである。

私は葛城さんの話を聞いて、そういう選択肢もあったのかと、まさに目からウロコが落ちる思いだ

外部コーチでもある元・阪神の葛城育郎氏が経営する「酒美鶏 葛城」

った。相手バッテリーに「フォークを投げたら走ってくる」と意識させれば、低めに投げづらくなってボールのコースは上がってくる。いいピッチャーを攻略するには、打撃面のアプローチだけではなく、機動力も交えた戦術があるのだと葛城さんから教えられたのだ。

バッティングの技術のみならず、このような戦術や采配も葛城さんからいろいろと教えていただいていたので、私は外部コーチとして真っ先に葛城さんにお声がけさせていただいた。

葛城さんはいま、週に1～2回グラウンドに来て、バッティングをメインに指導してくださっている（午前中から練習のある夏休みなどは、もっと頻繁に来ていただいている）。

元プロ野球選手で飲食店を経営されている方は多いが、葛城さんのように自ら厨房に立ち、店の営業に直接かかわっている方は少ない。葛城さんはプロ野球を引退後、ほかの焼鳥店で数年間修行して自分の店を持った。だからいまでも、仕込みから調理まで、すべてを自分でやっている。プロ野球の世界だけではなく、飲食業の下積みも経験している葛城さんから、選手だけでなく私たち指導スタッフも、多くのことを学んで刺激を受けている。

チームをひとつにする合言葉

2023年のセンバツで私たちは準優勝したが、甲子園が始まる前に私は「ミスをしたときやピンチになったとき、みんなで気持ちをひとつにするための合言葉を作れ」と選手たちに言った。ピンチを背負ったときや劣勢で流れが悪いとき、意識がほかのほうに向いて切り替えができたり、リラックスできたりするような方法は何かないかと思い、選手たちに提案したのだ。

報徳では、たまに息抜きも兼ねて映画鑑賞会を行う。センバツ前のシーズンオフに行った鑑賞会では、デンゼル・ワシントン主演の『タイタンズを忘れない』を観た。この映画は、保守的な田舎町のフットボールチーム（1970年代に実在したアメリカ初の人種混成チーム）を巡る実話を映画化した感動作である。選手たちはこの映画が心に残っていたようで、合言葉は「タイタンズ」となった。

センバツでは、タイムを取ってマウンドに集まったあと、各自が守備位置に戻る際に「タイタンズ」とみんなで声を出していた。そのほかにも、事あるごとに選手同士で「タイタンズ」と声をかけ合っていたようだ。

アメリカのスポーツ映画では、チームの中心人物（監督やコーチ、キャプテン）が大一番を前にして、選手たちを簡潔かつインパクトのある言葉で鼓舞し、みんなで盛り上がるというシーンをよく目にする。2023年に行われたWBCで決勝のアメリカ戦を前に、侍ジャパンの大谷選手が「憧れるのをやめましょう」とミーティングで発した言葉を覚えている方も多いだろう。

私は、普段は選手たちを鼓舞するような声がけはあまりしない。しかし、大きな大会の準決勝や決勝といった大一番の前には、選手たちを集めて気持ちを高める話をすることもある。

現役の頃の私はキャッチャーだったということもあり、あまり感情を高ぶらせて試合に入りたくないタイプの人間だった。でも監督となったからには、そんなことも言っていられない。大一番の試合前だけではなく、大事な公式戦の中盤以降に選手たちを奮い立たせるため、イニングの合間に魂を込めて声がけすることもある。

合言葉ではないのだが、タイムを取ってマウンドに集まったときに選手たちにやらせている行動がある。これは永田監督の時代からずっと続いているもので、私が現役の頃も行っていたことだ。

永田監督は「試合中、つらい状況になったらスタンドの応援部隊を見ろ」と選手たちに言っていた。甲子園であれば「アルプス席を見ろ」と。マウンドに集まった選手たちがスタンドを見ると、スタンドにいる応援団も「がんばれー」と盛り上がる。グラウンドにいる選手たちは、そんな応援団を見て勇気づけられたり、リラックスできたりする。私が2023年に選手たちに合言葉を作らせたのも、同様の意味合いである。もちろんいまでも、私は「切り替えが必要なときは、スタンドを見ろ」と選手たちに伝えている。

メンタルを鍛えるのは、監督である私の仕事
――成功体験で自信をつけてもらう

本校では、選手たちのメンタルを強くするために、メンタルトレーナーをお招きするなどの特別な対応は取っていない。そもそも、選手たちのメンタルを鍛えるのは監督である私の仕事だと思っているからだ。

コーチやトレーナーは選手たちの技量や体力を上げるメニューを考え、きめ細やかな指導を行ってくれている。監督の私はもちろんそういった指導にもかかわるが、それに加えて「自分はメンタルを強くする係だ」と思っているので、メンタルトレーニングの本を読んだり、メンタルトレーナーの方の動画を見たりして参考にすることもある。

年配の指導者の中には「昔のようにしんどい練習をやらせないから、いまの子はメンタルが弱いんだ」と言う人もいる。でも、私は決してそうは思わない。なぜなら、いまの子たちの練習量は、私たちが高校生だった平成の時代よりもはるかに増えているからである。

本校では、走攻守の基本的な練習のほかにも、各種ランメニューやウエイトトレーニングがあり、そのほかにもアジリティ、体幹トレーニングなど、メニュー数は相当な数に上る。「昔

のほうがしんどかった」というような意見もたまに耳にするが、そんなことはないと思う。いまの選手たちのほうが、やることが多くてしんどい思いをしているともいえるだろう。

練習メニューが多岐に渡り、なおかつ時間と場所を有効活用するために、本校ではグループ分けをしてあちこちで練習している。そのすべてを指導スタッフ数人で管理するには限界がある。だからこそ、選手が自分たちだけでしっかり練習に取り組むことが求められるのだ。

「自分に厳しく、しっかり練習ができたか」

それを振り返るための時間も、週に1回設けている(2024年のシーズンオフから始めた)。日々、さまざまなメニューに取り組むのには根気がいるものだ。それらを毎日しっかりやるだけでも、メンタルは鍛えられると私は思っている。もちろんそのためには、数あるメニューを流れ作業として行うのではなく、その意味をちゃんと理解して取り組んでいく必要がある。それが結果として、選手一人ひとりの精神力を鍛えることにもつながっていく。

私が大学時代に経験したように、ケガの手術などをして精神的にもダメージを受けてしまうような選手が少なからず存在する。私の願いは、野球部に在籍する2年半の間に、すべての選手が右肩上がりで成長していってくれることだ。そこで近年、アスレチックトレーナーなどに加えて、理学療法士の資格を持ったトレーナーにも来てもらい、選手たちの心身両面のケアもしている。

選手たちのメンタルを強くするためには、自信を持たせることも欠かせない要素である。自信をつけるには、練習や試合においてどれだけ成功体験をするかにかかっている。だから、私は選手の失敗を失敗のままで終わらせず「この選手がどうやったら成功できるか」を常に考えながら、練習や試合に臨んでいる。人は誰しも、失敗と成功を繰り返して自信をつけ、成長していくのだ。

私が行うシートノックも、選手たちの心を鍛えるべく、打ちながら常に声がけをしている。シートノックは、それぞれの技量を伸ばすだけでなく、私の目指す野球を選手たちに理解してもらう場でもあると考えている。だから常に声をかけ、ときに熱く叱咤激励して、選手と魂のやりとりを交わす。

良いプレーと悪いプレーを、選手同士でちゃんと指摘し合えるような雰囲気にするのも私の役目だ。だから、選手たちには「ダメなプレーがあったら、俺（監督）を無視して練習を止めて、お互いに指摘し合っていいからな」とも伝えている。普段から、ピリピリとした緊張感の中で練習を行わないと、大一番でプレッシャーに負けないメンタルや流れを読む勝負勘は育まれないのである。

第5章

「報徳野球」を実現するための日々の練習

報徳学園の指導スタッフ

本校野球部の指導スタッフは内部、外部を合わせて次の通りである。

［監督・部長・コーチ］（学校職員）
監督　大角健二（44歳／OB／国語科教諭）
部長　礒野剛徳（38歳／OB／保健体育科教諭／ピッチャー担当）
コーチ　宮﨑翔（38歳／OB／事務職員／ヘッドコーチ）
副部長　山本晃嗣（25歳／姫路東→山口大／国語科教諭／下級生担当）
礒野と宮﨑はふたりとも私のコーチ時代の教え子であり、現役時代はともに副キャプテンだった。

［外部コーチ］（学校と契約しているコーチ）
葛城育郎（47歳／元・阪神タイガースほか／打撃担当）

浅田泰斗（32歳／OB、立教→大阪ガス／キャッチャー、バッテリーコーチ）
岡本歩（51歳／OB／Bチーム担当）
安井龍玄（22歳／OB／大阪工業大生／葛城さんの店でアルバイト中／内野、下級生担当）

外部コーチのみなさんは、週に1～2回の頻度で練習に参加してくれている（みなさん仕事をされているので土日が多い）。

岡本コーチは私の先輩にあたる。ふたりの息子も本校OBでともに立教大に進学した（弟のほうは2025年3月に卒業予定）。岡本コーチは、次男の在学中には保護者会の会長も務めていた。いまはBチームをメインに、チームの父親的存在として選手のフォローやバックアップをしてくれている。

浅田コーチは、大会期間になると睡眠時間を削って対戦校を分析し、選手に的確なアドバイスを送ってくれている。現役時代はキャプテン（2010年夏の甲子園ベスト4の代）だったが、レギュラーではなく2番手の捕手だった。当時、控え選手が主将を務めるのは16年ぶりのことで、彼は「試合に出られない自分がどうまとめるか」を考え、毎日練習にはグラウンドに一番乗りし、部室を掃除していた。そうやって自分の背中を見せてチームを引っ張っていき、学業ではトップを取った苦労人でもある。いまも献身的に野球部に尽くしてくれている。

このほかにも、たくさんのOBがその都度、手伝いに来て練習をフォローしてくれている。

ありがたい限りだ。
普段は部員をA・B・Cに振り分けて活動している。Aチームがメンバー候補、Bチームがメンバー候補以外の上級生（2・3年生）、Cチームが1・2年生。土日はそれぞれが遠征に出たり、ホームグラウンドを使ったりして練習試合を行っている。A・B・Cいずれにも入らない選手は、Dチーム（第4チーム）として学校に残って練習したり、練習試合をたまにしたりすることもある。
4部隊で動く場合のスタッフ配置は、
A→私（シーズン中は宮﨑コーチや礒野コーチも入ることがある）
B→礒野コーチ（メンバー外の選手たちのモチベーションを保ちつつ、しっかりしたチーム運営をしてくれている）
C→宮﨑コーチ（ヘッドコーチとして総合的なコーチング。時期によっては新チーム準備のため1・2年生を中心に指導）
D→山本コーチ（下級生が中心だが、臨機応変にさまざまなカテゴリーのバックアップ）
練習試合を組む場合、ホームである私たちのグラウンドは狭いため、A・B・Cはビジターが多い。また、ほかのクラブも土日は校庭で練習をしているので、あまり試合はできない。そのため、ホームはDチームの練習（or試合）で使用することが多い。練習試合や遠征に関しては本章の後半で改めてご説明したい。

グラウンド設備と施設に関して

本書ですでにお話ししたように、野球部には専用のグラウンドがない。校舎に隣接する縦長の校庭を、ラグビー部やサッカー部と譲り合いながら使用している。

野球部の利用スペースには、校庭の端に黒土を入れた内野グラウンドがあり、広く使えるときは外野手も配したシートノックやフリーバッティングなどを行う。逆にほかの部活が広く使っているときは、野球部はバックネット側に向かってバッティング練習をしたり、内野だけのノックや走塁練習をしたりと、臨機応変にその都度できる練習を考えながら対応している。

ライト側には奥に駐輪場があるため、試合をする際のフェンスまでの距離は80メートルほどである。センターとレフト方向に校庭がずっと広がっており、試合の際は95～100メートル程度のところに大きめの防球ネットをフェンス代わりに配置する。

春から夏にかけては野球部の大会が続くので、わりと広めにグラウンドを使わせてもらっている。逆に秋から冬にかけては、ラグビー部やサッカー部の公式戦シーズンとなるので、野球

ラグビー部やサッカー部と譲り合いながら使用している校庭

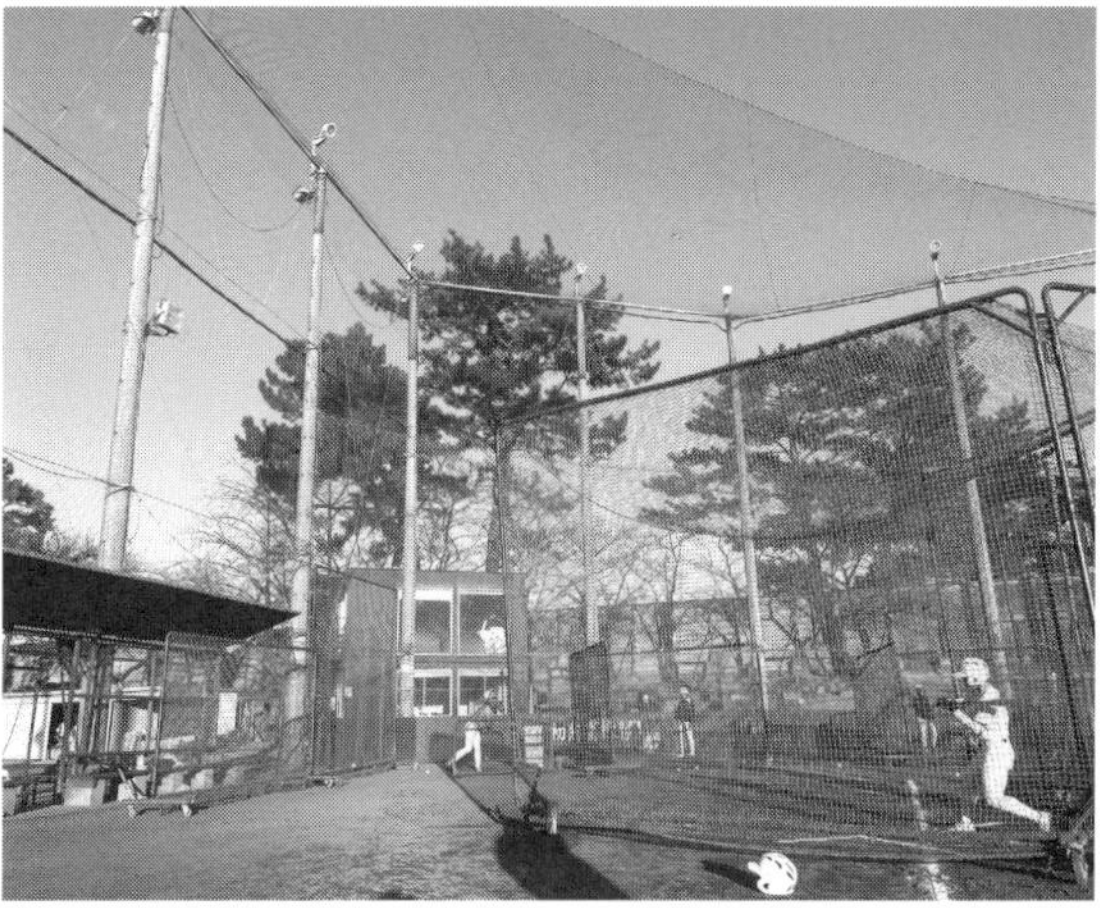

バックネット側に向かって行うバッティング練習

部は校庭の端（内野とライトエリア）での練習が多くなる。1年間を通じて、それぞれの部活が譲り合いながら練習するのが報徳の伝統である。

そのほかの野球部の施設としては、屋根つきのブルペン（2レーン）が三塁側にひとつ、屋根なしのブルペン（2レーン）が一塁側にひとつある。

三塁側のブルペンの脇には、2レーン分の大きさの室内練習場（バッティングをメインに行う）があり、これはOBの寄付によって造られた。別校舎の中には、教室を改築したウエイトルームもある。

第1章でもお話ししたが、私はこの環境を不便だとは感じていない。確かに、ほかの部活と使用調整するのは面倒な部分もあ

雨天時などに練習やトレーニングを行う、
ライト側の奥にある駐輪場

三塁側にある屋根つきのブルペンと、
一塁側の屋根なしブルペン

るが、お互いに譲り合いや思いやりの精神が芽生え、選手や教員も含め、良好な人間関係が育まれている。部活の垣根を越えて仲がいいので、野球部がラグビー部やサッカー部の試合の応援に行くことも結構ある。もちろん、ほかの部活が野球部の試合の応援に来てくれることも多い。学生スポーツという観点から言っても、横のつながりが密なのはとてもいいことだと思っている。

野球部の寮としては、共立メンテナンスが運営する民間学生会館を、２０２３年春から利用している。ひとり1部屋で各学年10人程度が入寮しており、風呂やトイレは共同で、部員が自分で洗濯などを行う。食事は管理栄養士が朝晩の献立を考えてくれている（寮生は朝と夜は寮で食事、昼は学食）。

練習スケジュールとメニュー

1年を通じて、基本的に練習時間（平日）は15時40分～20時で、20時30分には下校しなければならないことが学校の規則で定められている。

平日放課後の練習スケジュールは、大まかに次のような感じである。

15時40分～16時　ウォーミングアップ
16時～16時15分　キャッチボール
16時15分～17時　バッティングほか（日によって変わる）
17時～20時　　グループ分け練習

17時以降は、バッティングの班、守備の班、走塁の班などに分けて練習を行う。日が長い時期はノックなども入れる。その後、さまざまなトレーニングメニューが組まれる。そのメニューは、いずれもうちのスタッフが考えたものである。

バックネットにカーテンネットを張り、ネットに向かってバッティング練習をする班（3か所で打つ）、内野の各塁を使って走塁練習をする班、ライトで守備練習をする班、隣接する200メートルトラックでパワートレーニングやスピードトレーニング、ランメニューなどを行う班などがある。トラックの内側の半円部分には土が敷いてあるので、ここにティーネットを置いてティーバッティングをしたり、タイヤトレーニングをしたりもしている。これらを、ウエイトルームでのトレーニングも含めて、グループ分けして順番に行うようにしている。

練習の合間、それぞれの班ごとに補食を摂らせる時間も設けている。ご飯は野球部として昼間に炊いておき、補食のときに各自が持参のタッパに入れてご飯を食べる（おかずは持参）。

シーズン中は、20時までグループ分けの全体練習が続く。シーズンオフは、日が暮れてから

バッティング練習は、バックネットに向かって３か所で行うのが基本

トラックの内側の半円部分を有効活用して、
ティーやトレーニングに取り組む

各自の自主練習時間にあてることもある。

グループ分けの練習は、宮崎コーチの提案で2018年から始めたものだ。体力測定や試合成績などのデータから選手の能力を数値化し、レベルの近い10数名がひとつの班となり、合計6つの班がそれぞれにメニューをこなしていく。宮崎コーチはトレーナーたちともコミュニケーションを取りながら、班分けからトレーニングメニューやスケジュールまで綿密な計画をいつも立ててくれている。

夏の大会直前の6月になると、3年生の中からサポートに回ってくれる選手も出てくる。これは各選手の判断に委ねており、引退まで練習したい選手にはさせるし、サポートしてくれる選手にはその役目をお願いしている。例年、20人くらいの3年生がサポートに回ってくれるので、バッティング練習のピッチャーやキャッチャーのほか、さまざまなサポートをお願いしている（1年生の指導、データ処理など）。

3年生のこのバックアップ体制は、近年の本校の伝統になりつつある。夏の大会のときは、このバックアップメンバーが偵察係も務めてくれる。だから、ベンチ入りしたメンバーは、支えてくれたチームメイトたちへの感謝心が強い。「仲間たちのためにも絶対に勝つ」という熱い気持ちで、メンバーは夏の大会に臨んでいる。

コンディショニング管理をしてくれているふたりのトレーナー

本校では、アップのときから可動域を広げるメニューなどを取り入れて、ケガをしにくい体作りを行っているほか、練習後や試合後のクールダウンに関しても時間をかけてしっかりやっている。

アップは、肩甲骨や股関節回りのメニューが多い。単なるウォーミングアップではなく、アップ自体がトレーニングにもなっている。アップなどのメニューを考えてくれるのはＡＴ（Athletic Trainer／アスレチックトレーナー）の中島啓士郎さんである。

私が監督になる以前まではＡＴだけだったが、私が大学時代に肘痛で苦しんだこともあり、監督になってからは理学療法士であるＰＴ（Physical Therapist／フィジカルセラピスト）の小松稔さんにも来てもらうことにした。

ＰＴの小松さんは、ケガをしている選手には個別のトレーニングプログラムを組んでくれたり、動作解析によるピッチャーのメディカルチェックをしてくれたりしている。

ＡＴ、ＰＴのおふたりは週に１回（だいたい水・木曜あたり）に本校に来て、選手たちに直接指導を行っている。

ＡＴの中島さんは単に選手の体を大きくするとか、強くするとかだけではなく、試合や大会に合わせたピーキング戦略も考えてくれている。チーム全体が試合でいい動きができるように、それに応じたメニューを適宜組んでくれるのだ。だから、大会期間中であっても、試合が終わったあとにランメニューを組むこともある。

睡眠時間や体重管理については、前章でお話しした「ONE TAP SPORTS」というアプリで行っている。そしてＡＴ、ＰＴのふたりのトレーナーが「ONE TAP SPORTS」による選手たちのデータを管理、対応してくれている。ケガの状況や回復具合だけではなく、体重や睡眠などもグラフ化されるので「この選手は疲労がたまっているので休ませよう」「この日に登板させよう」ということなども、アプリのデータを判断材料にしている。

このように、うちの選手たちの体のメンテナンスはＡＴ、ＰＴのおふたりにしっかりと支えられているのだ。

限られた空間や施設を生かしてやっていくのが報徳流
――私に自信を持たせてくれた名将の言葉

本書では、野球部専用グラウンドのないことや、広い室内練習場や野球部専用のバスなどもないことをご説明させていただいた。限られた空間や施設を生かして練習方法を考えるのが報徳流であり、この環境が当たり前だと思って私たちはやっている。

私がまだ本校のコーチだった時代に、この環境に自信を持たせてくれた名将がいる。それは宇和島東、済美で日本一を成し遂げた故・上甲正典監督である。

済美に練習試合に行った際、試合の合間に上甲監督が「大角君、ちょっといいかい」と大きな室内練習場に私を案内してくれた。済美が2004年のセンバツで初出場初優勝を飾ったあとに造られた室内練習場は設備も整っており、私は「すごい立派な施設ですねー」と感嘆するほかなかった。

施設を見渡して感心している私に、上甲監督は「でもね……」と思いもよらぬことを口にされた。上甲監督が私に言ったことを要約すると、次のような感じである。

「立派な施設を造っていただいたおかげで、悪天候でも常に野球ができるようになった。最初の頃は『雨でも練習ができるようになってよかった』と感謝するばかりだった。しかし、どんな状況でも当たり前に野球のできる環境が『あまりよくないのでは』と最近思うようになった。かつては、雨が降ればミーティングをしたり、室内でできる練習を頭をひねって考えたりして、アプローチしてきた。選手も自分たちで考えて、練習に取り組んでいた。でも、どんな天候でも常に野球ができるという環境が当たり前になってしまうと、感謝心もなくなって、選手たちの練習に取り組む姿勢にもメリハリがなくなってきているように感じている」

上甲監督からこの話を伺い、私は「報徳はいまのままでいいんだ」と自信が持てるようになった。できないことを環境のせいにするのではなく、いまある環境に感謝して、頭を使って野球に取り組んでいく。それこそが大切なのだ、と私は上甲監督から教わったのだ。

先ほどお話ししたように、うちには2人が打つ程度の狭い室内練習場しかないので、雨が降ると屋根つきの2階建て駐輪場の1階で選手たちは練習を行う。駐輪場ではバットを使った練習（素振り、スポンジボールやシャトル打ち）をしたり、2階に上がる坂を使ってダッシュをしたり、下半身トレーニングをしたり、ゴロ捕球の練習をしたりと、考え得るいろいろなメニューに取り組んでいる。

ちなみに駐輪場のサイズは横が約100メートル、縦が10メートルくらいだ。2階建てなので柱も多く、当然一般の生徒たちの自転車も停まっている。だからその都度、空いているスペースを見つけて、そこでできることを考えてやっているのである。

報徳のバッティングの基本と練習 1
タイミングの取り方が大事

よく言われることではあるが、バッティングの基本はセンター返しだ。インサイドアウトのスイングで、センター方向に弾き返す。そのセンター返しに加えて、私が選手たちによく言っているのは「トップの形をしっかり作って、タイミングを取る」ということである。

タイミングの取り方は人それぞれだ。しかし〝間〟のないバッターは、いくらスイングがよくても相手ピッチャーの球に差し込まれてしまうので、いい当たりは飛ばせない。だから、タイミングをしっかり取って〝間〟を作ることが大切なのだ。

〝間〟を作るには、わかりやすく言えば「ジャンケンをするようなタイミング」で振るといい。「ジャン、ケン、ポン」は「1、2、3」のタイミングと言い換えてもいいだろう。

相手ピッチャーに差し込まれてしまうのは「1、2、3」の「2」が抜けて「1、3」で振ってしまうことから起きている。だから正しいスイングができず、なおかつタイミングも合わずに振り遅れるため差し込まれてしまうのだ。

「1、2、3」のタイミングで、ボールが来る前にトップの形を作っておけば、しっかり〝間〟を作ることができる。しかし「2」が抜けてトップを作れていないと、そのあとのスイングも後手後手になり、結局差し込まれて凡打となる。タイミングの取り方は、早すぎても遅すぎてもいけない。だから「ピッチャーとジャンケンするように、タイミングを合わせてボールが来るのと同じタイミングで、スイングすることが大切だ」と選手たちにはいつも言っている。

タイミングを取るのに、踏み出す足（右バッターなら左足）を使うバッターが多い。踏み出す足でタイミングを取りながら、ピッチャーがボールを投げた瞬間に足を踏み出す。でも、私はうちの選手たちには「トップの形を作りながらタイミングを取る」ことを意識するように伝えている。

踏み出し足でタイミングを合わせると、ちゃんと〝間〟が取れずに差し込まれがちになる。だから「割れ」（踏み出し足が出て、バットがトップの位置に入っている状態）ができて終わりではなく、見逃すにしても多少はバットスイングに入っている状態で見逃さなければならない。これを「ハンドファースト」とも言うが、足よりもバットから始動するイメージのほうが〝間〟を作れることをみなさんにも覚えておいてほしい。

報徳のバッティングの基本と練習 2

葛城コーチの教え

ペッパーやティーバッティングでは正しいスイングができているのに、いざ試合となると「遠くに飛ばそう」と思うあまり、アッパースイングになっている選手が結構いる。

だから、私はそのような傾向のある選手には「スイングの始動は『上から出す』を意識しなさい」といつも言っている。私はレベルスイングが理想だと考えているが、イメージと実際のスイングではどうしても差が生じるため、その差を埋める作業をしなければならない。そのため、アッパースイングになりやすい選手には「上から出すイメージ」と言うようにしている。

スイング軌道の意識と実際の差を埋めるべく、正しいスイング軌道を体に染み込ませるために、うちではペッパーのときにピッチャー返しではなく、センターに打球を打つイメージで打たせている。景色が変わればスイング軌道も変わるため、投手だけを見るのではなく、センターの景色を視界に入れたうえでペッパーを行うようにしているのだ。

また、葛城コーチのアドバイスによって「試合前のノックが終わったら、バックネット付近に行って、センター方向を見ながら素振り」ということも選手たちにさせている。試合では各球場によってバッターボックスから見える景色が変わり、ピッチャーとの距離感も違って感じる。ちなみに甲子園でバッターボックスに立つと、ほかの球場よりもピッチャーがとても近くに見える。こういった感覚を試合前につかみ、自分のスイングができるようにするために、バックネット付近でセンター方向を見ながら素振りをさせているのだ。

そのほかにも、葛城コーチのアドバイスによって導入したことや改めたことはたくさんある。以前はティーバッティングでもスクワットティーや連続ティー、5分打ちっぱなしのティーなど、選手たちがヘロヘロになるまで振らせていた。

しかし、葛城コーチは「このティーバッティングだけではなく『確認のティー』もやらないと意味がない」とアドバイスをくれた。

それ以来、以前から続けてきたティーバッティングメニューに加えて、インハイを打つティー、8の字を描いてから打つティー、ツイスト（腰が開かないように打つ）、グリップ逆（左右の手を逆にしてバットを握る）、バッターの背中のほうからボールを投じて打つ、バッターの後ろ（キャッチャー方向）から投じて打つ、歩きながら打つ、などいろいろなやり方を用いてティーバッティングを行っている。もちろん、それぞれの「ティーの意味と目的を理解させてから」が大前提だ。

「バッターが打ちやすいボールを投げる」のが報徳の基本

普段のフリーバッティングでは、ケージを最大4基設置して行う。さらにマシンはあまり使わず、人が投げるのが報徳のやり方である。もちろん、公式戦で球速の速いピッチャーと対戦する前などには、マシンを高速に設定してフリーバッティングを行う場合もある（普段、マシンは室内練習場で使っている）。

フリーバッティングで4か所から打つ際、うちではピッチャーに変化球はあまり投げさせず、ストレートを投げることが多い。

ストレートを打たせる理由は、7～8割の確率でいい当たり（ヒット性の当たり）を打ち、その感覚を体に染み込ませてほしいからだ。たまに変化球を打たせることもあるが、数多くいい当たりを打ってもらうために「バッターが打ちやすいボールを投げる」のが、うちのフリーバッティングの基本である。

ピッチャーは、バッターが打ちやすいスピードのボールを投げ、バッターはストライクゾーンを広くして、どこにボールが来ても芯でしっかり捉える。フリーバッティングではこれを徹底している。

苦手なコースに来たボールを、打ち損じるバッターは多い。だから、打ちやすいボールを苦手なコースに投げてもらい、自分の弱点を克服すべくスイングを重ねることもとても重要だ。

また、この練習によってストライクゾーンを広く持つことで、エンドランにも対応できるようになる。打ちやすいボールは投げるが、バッターが「打ちたいコース」だけを打っていてもバッティング技術は向上しない。正しいスイングを身につけるには「打ちやすいボール」でいい当たりを打ち続け、成功体験を重ねることが何よりも大切だと考えている。

ノックで「球際」と「守備足」を鍛える

かつての私は、球際に強い選手を作るため、捕れるか捕れないかのポイントにノックを打つことが多かった。うちは選手数が多いので、限られた時間を有効に使うには速射砲のようにノックを打ち続けるしかない。だからギリギリのところを狙って、しかも速い打球を私は連日打ちまくっていた。

しかし、あるときから「守備足」が大切なことに気がついた。内野手も外野手も同じだが、守備範囲の広い選手は「守備足」が速い。この守備足は純粋に「足が速い」というのとはまったく違う。50メートル走を5秒台で走る選手でも守備足の速くない選手はいるし、逆に足は遅くても守備足の速い選手もいる。

守備足のある選手は、普通だったら抜けそうなところに飛んだ当たりでも、簡単な打球のように当たり前に処理する。また、守備足のある選手は「打球が飛んでくる位置」を察する勘が働くので、打つ瞬間にはもう動き出している。そういう守備足を、うちの選手たちにも持たせたいと思ったのだ。

守備足を意識するようになってからは、速射砲のようなノックを打つことはやめた。ペースの早いノックでは流れ作業のようになり、打球を捕ってから送球に至るまでの動きが雑になってしまう。「一球一打の打球判断」「打球に対しての一歩」を的確に行えるようになるには、ノッカーである私も一球一球丁寧に打つ必要があるのだ。

外野手に的確かつ素早い打球判断を身につけてもらうために、うちではフリーバッティングの守備時に、すべての外野手にまずセンターを守らせる。センターからだとピッチャーの球筋とバッターの打球の軌道が見やすく、打球判断がほかのポジションよりも容易にできるからだ。

外野の守備を見ていると、ほとんどの選手がバットにボールが当たってから打球方向に走り出す。しかし、守備足のいい選手は、とにかく一歩目の動き出しが早い。2025年4月で明治大の3年生になる榊原七斗は、うちでセンターを守っていたが、彼は打った瞬間にはもう動いていた。神戸学院大で4月に2年生になる竹内颯平も足は遅いが、彼のショートの守備を見た人は「あの子、足速いね」とみんなが言っていたほどだ。

ふたりに共通しているのは、バッターがバットを振り始めたときには「こっちに飛んでくる」と打球予測ができていた点である。榊原や竹内のような守備足を身につけてもらうために、私とコーチたちは毎日ノックを打ち続けている。

普段のノックは、まず内外野に分けて行う。そして、最後に実戦的なシートノックを行うようにしている。

また、シーズンオフには内野3か所、外野3か所でノックを行い、動きの基本を徹底して体で覚えさせる。うちでは捕ってから送球するまでのステップ（足さばき）を重要視しており、その練習を繰り返し行う（この特守に関しては次項で詳しくお話しする）。

2024年春から、高校野球では新基準の低反発バットが導入された。低反発バットは、以前のバットに比べて飛距離が出ない。だから外野の頭を越えるような当たりが減り、タッチアップも外野手の動きがよければ補殺できる機会が増えている。だからこそ、私は外野手の守備力アップに力を入れているのだ。

タッチアップをアウトにするには、外野手がフライを捕ってから送球に移るまでの動きの速さがカギとなる。うちでは動きを少しでも速くするために、普段から「クイック、クイック」と外野手には言い続け、スムーズな足さばきから素早く送球できるように鍛えている。

報徳の堅守は冬に磨かれる

シーズンオフの平日、練習開始とともにライトで選手たちは20分ほどアップを行うのだが、その時間帯に指名された内野手、外野手が3人ずつ、特守と呼ばれるノックを行っている（ノッカーは私やコーチ、さらにマネージャーや3年生が務める）。

この特守は20分間休みなく、右に左にとノックを打ちまくるので相当な本数となる（捕るだけで送球はしない）。これは、球際の強さを磨くために、毎年冬に続けている。

大阪桐蔭や智辯和歌山のような全国レベルの強打のチームは、バッターの打球の勢いが違う。監督となり、近畿大会でそういった強豪と当たるようになって、私はそれを痛切に感じた。

「強い打球を捕れる野手を育てなければならない」

そう思うようになり、普段のノックでも強い打球を意識して打ち、先ほどの冬の特守を行うようになったのだ。

また、シーズンオフは守備の基本を一から見直す期間と捉え、守備を担当している宮﨑コーチが徹底した基礎トレーニングを行ってくれている。そこで全選手を対象にやっているのが、ふたり1組（投げ手と受け手）で行う3段階のドリルだ。

①受け手は軸足（右投げなら右足）1本で立ち、ゴロを待つ。ゴロが転がってきたら左足を着地させて捕球し、送球する方向にステップを踏む（送球はせずに投げ手に返す）。

②ボールを地面に置く。ボールから2～3メートル離れたところから小刻みなステップでボールに近づき、捕球態勢に入ったら動きをゆっくりにする。捕球（置かれたボールは捕らない）をイメージして捕ったあとは、軸足である右足の側面を、投げる方向に向かって垂直に踏み出して送球する（送球のモーションだけをする）。ゴロにはボールの右側から入ることを意識する。

③①と②を合わせて、実際に転がってきたボールを捕って「1、2、3」の掛け声とともに同じ捕球動作、ステップを3回繰り返して送球動作に入る。

冬場はこういった地道な練習を繰り返すことで、報徳の守備力は鍛えられているのである。

きめ細やかなピッチャー育成システム

うちではピッチャーと野手のトレーニングの中身がそれぞれ異なるので、アップから別メニューを組んでいる。

ピッチャーには体作りを徹底し、アップからトレーニングまで、すべての練習で体作りへの強い意識づけを行っている。そのピッチャーたちのトレーニングメニューを考えてくれているのが、礒野部長である。

昔はピッチャーのトレーニングはランメニューが多かったが、いまは下半身や体幹強化のトレーニングがメインだ。本項では冬場に行っているトレーニングの一例をご紹介したい。次に示すすべてを1日で行うわけではないが、日ごとにこれらのメニューをいろいろと組み合わせてトレーニングを行っている。

- タイヤトレーニング50m（タイヤ押し前方向、タイヤ押しカエルジャンプ、タイヤ引きサイドステップを5本ずつ）

・腹筋AB（Aは体幹支持　Bはメディシンボールを使用した腹筋）
・手押し車25m片足保持（4方向に進む）×4本
・プッシュアップ4カウント15回×2セット
・抱え込み（お姫様抱っこ）ダッシュ50m×4本
・砂場ペッパー20本捕り2〜3人組（サイドステップゴロ、サイドステップノーバウンド、ダッシュノーバウンド×2セットずつ）
・メディシンボール持ち片足ジャンプ
・下半身（投球動作関連）40分（メディシンボールランジ4種×2セット、メディシンボール踏み出し足接地からの投球50m×2本、軸足1・2・3ジャンプ50m×2セット、ブルガリアンMAXジャンプ左右10回×3セット、メディシンボールサイドステップ50m往復×3セット）
・上半身体幹、インナー、上半身筋力強化30分（懸垂合計50回、形を意識したブリッジキープ1分×3セット、補助倒立50秒×3セット）

これらのほかに、トラックでインターバル走も昔から行っている。最近はいま説明したメニューにもあるように、ブリッジや倒立など、軸や体幹を意識したものや、肩甲骨回りの可動域、胸郭の可動域を広げるようなトレーニングも礒野部長が取り入れてくれている。

また、土日や冬休み期間の午前中は、学校から約3キロの距離にある甲山まで自転車で行き、ピッチャー全員でトレーニングをしている。甲山はクロスカントリーが行われるような険しい山道が続き、長い坂道や階段もあって下半身を鍛えるトレーニングには持ってこいの場所である。甲山の坂道や階段を使い、ダッシュやケンケンで駆け上がるメニュー、メディシンボールを使ったランメニューなどを行っている。

ここまで紹介してきたメニューを、礒野部長が1週間のスパンで毎週メニューを組み、ピッチャー陣はそのプランに従ってトレーニングを行う。毎週、振り返りのミーティングも欠かさない。礒野部長はピッチャーのフォームを随時、動画で撮影して保管しており、調子の悪くなったピッチャーに良かったときのフォームを見せて修正を行うなど、実にきめ細やかな指導を行ってくれている。

シーズンに入ると、試合で登板するピッチャーは絞られてくるため、各ピッチャーの1週間のスケジュールは登板日に合わせて決めていく。試合でベストな状態で投げてほしいので、基本的にピッチャーは登板前日からノースローとなる（やってもキャッチボール程度）。そのため、週末に登板予定のピッチャーは、週の半ばで実戦練習やブルペンで調整を済ませるようにしている。

元キャッチャーだった私がキャッチャーやバッテリーに求めていること
――2度の偶然はあっても3度は必然

私が現役時代はキャッチャーだったこともあり、キャッチャーの指導にはとくに熱が入る。キャッチャーは「女房役」「扇の要」「グラウンドの監督」などとよく言われる。チームを指揮する立場にあることから、高校野球においてはキャッチャーを務める選手に「人間性」を求める指導者も多い。しかし、私は本校のキャッチャーには「人間性」よりも基本的には「技術」を求めている。

キャッチャーの基本である「捕る、投げる」ができなかったら、いくら人間性に優れていてもキャッチャーは務まらないし、ピッチャーもそのようなキャッチャーにはあまり投げたいと思わないだろう。だから、私はキャッチャーにはキャッチング技術のみならず、ショートバウンドを体で止める技術や、強い肩と正確なコントロールを求める。

いいキャッチャーになるには、股関節や足首の柔軟性も欠かせない。だからうちでは、捕る、止める、投げるという技術に加え、柔軟性を高めるトレーニングをシーズンオフにみっちり行っている。

キャッチャーの二塁送球に関しては、うちではまず短い距離の練習から始める。具体的には、ピッチャーと二塁の間くらいに野手を置き、そこに素早く強く投げる。二塁送球は二塁ベースまで投げるとなると、遠投に近いような感覚になってしまう。それでは二塁送球にもっとも必要な「理想の形（フォーム）」が作れない。だから、まずは短い距離を投げさせて、形を作ることから始めるのである。

短い距離で無駄のない、素早い送球フォームが作れたら、そのままの形で二塁へいい送球ができるようになる。二塁送球をよくしたいキャッチャーには、この練習方法をお勧めしたい。

最近は、試合中にバッターの動向や、ちょっとした仕草を見ることのできないキャッチャーも多い。キャッチャーはバッターを常に観察して、この打席では何を狙っているのか、次の一球は何を待っているのか、そういったことを察していかなければならない。相手ベンチを見たり、野手の動きをチェックしたりして気になるところがあれば、チームメイトへの声がけをするのもキャッチャーの大切な役割だ。やることは非常に多いが、それに慣れていかなければいいキャッチャーにはなれない。

私が普段、キャッチャーに強く言っているのは「〝間＝テンポ〟を良くしていこう」ということだ。テンポが良ければ野手は守りやすくなるし、テンポが悪ければ野手は守りづらくなり、エラーも多くなるものだ。

〝間〟の取り方は一球投げるごとの〝間〟もあるし、声がけをする〝間〟、タイムをかける〝間〟などいろいろある。ピッチャーが突然乱れて、3連続フォアボールを出すことも稀にある。でもこういったとき、私はキャッチャーに「2度の偶然はあっても3度は必然だ。3連続フォアボールを止められなかったのはキャッチャーの責任だ」と話す。

同じようなミスが2度続くことはよくある。しかし、これが3度起こるということは、2度目にちゃんと処理をしていなかったということだ。2度同じミスが続けば、相手に流れが行きかける。そして3度続けば、完全に相手に流れが行ってしまう。それを〝間〟によって防ぐのが、キャッチャーの役割なのだ。

練習試合の対戦相手

本章冒頭でお話ししたように、うちではメンバーをA・B・CあるいはDに分けて活動しており、土日の練習試合もその3〜4部隊がホームやビジターに分かれて行っている。

遠征に出るのは基本的に近畿エリア（とくに大阪、京都）が多く、東は愛知県などの東海エリア、西は岡山県などの山陽エリアまで出向いていく（日帰りで行けるため）。四国では、徳島県にたまに行くこともある。兵庫県内のチームとは、B・Cチームがよく練習試合をさせていただいている。

遠征の場合、近場なら各自現地集合。遠方ならば観光バスを貸し切りで利用している（選手ひとり当たり、2000〜3000円を徴収）。

泊まりで遠征に出かけられるのは年に3回までと学校で定められており、タイミングとしては夏休みや春休み、ゴールデンウイーク期間中などに泊まりがけの遠征を行っている。

Aチームの練習試合の対戦相手については、2024年は次のような感じだった。

3月　奈良大付、三重、上宮、龍谷大平安、倉敷工
4月　立命館守山、天理、明徳義塾、立命館宇治
5月　西日本短大付、岡山学芸館、初芝橋本、中部大第一、関西、大社、倉敷商、東海大福岡
6月　豊川、豊橋中央、東海大大阪仰星、享栄、名古屋たちばな、広陵、明豊、創志学園、阿南光、市立和歌山、大商大付、興国、大阪
7月　小野
8月　豊岡総合、立命館守山、呉港、福知山成美、嘉穂

9月　東邦、履正社、明石清水
10月　中京大中京、大体大浪商、愛工大名電、滝川、大阪桐蔭
11月　京都文教、川西緑台、浪速、大商大堺、兵庫工、小野

また、練習試合のほかにも、招待試合に招かれることがあり、毎年11月下旬に三重県熊野市で開催されている「くまのベースボールフェスタ」には何度かお招きいただき、全国の強豪校と試合をさせていただいている。２０２４年の対戦校は、健大高崎、近大新宮、木本、岐阜城北の４校だった。

中学生を見るときの基準
――「形と気持ち」が肝心

本書ですでにご説明したが、うちが特待生を獲るのは毎年３人程度で、全国の強豪校と比べるとかなり少ないほうだ。そのほかに推薦で入ってくる生徒が20人程度、さらに一般入試や報徳中から上がってくる生徒を含めて、野球部の新入生は毎年40～50人ほどになる。

私が、中学生選手を見るときのポイントは、いくつかある。まず、バッターなら打席内での

仕草を見る。ピッチャーに集中しつつ、野手を見てヒットゾーンを確認したり、足場をならしたりするのは、いい結果が出せるように自分で環境を整えているということだ。少しでも成功の確率を上げようといろいろ考え、対処しようとするのは、なかなか教えてできるものではない。結果を残すための準備ができている選手には、非常にセンスを感じる。

ピッチャーであれば、マウンド上での表情や目線を見る。ベンチのほうをチラチラ見るのは、気持ちの揺れの表れだ。今朝丸や間木の中学時代は、マウンド上でとても堂々としていた。マウンド上の表情から「勝負に行っているな」というのがわかるくらい、気迫がみなぎっていた。

それ以外にもベンチでの過ごし方、グラウンド内でのほかの選手への声がけなどができているかどうかも見る。いろいろな意味で周辺視野を活用できている選手には、高校に来ても活躍してくれる可能性を感じる。

ミスをしたほかの選手に対してキレているような選手、あるいは輪を乱すようなことをしている選手は、どんなに能力が高かったとしても私は獲りに行かない。自分に自信を持っている選手なら「次は頼むぞ」「俺が何とかしてやる」となるはずだ。私はそのような正義感、男気のある選手に入ってきてほしいと常々思っている。

自分のミスに苛立ち、ものに当たるような選手もいただけない。でも、覇気が表に現れにくい子どもが多い昨今、そのようなエネルギーを持っている選手はある意味貴重な存在ともいえる。高校に来て修正の効くわがままなのか、そうではないのか。そのあたりを見極めるのも私の仕事だ。

そのほかに、中学生の視察で見るポイントは「形と気持ち」である。野球の場合は投げ方や打ち方の「形」ができているかどうかが非常に重要なポイントとなる。投球や送球に関して言えば、形のできていない選手が高校に入ってから劇的に良くなることはあまりない。本人のクセみたいなものが中学までにできあがってしまっているので、それを矯正しようとするとイップスなどにもなりかねない。

「気持ち」は強いほうがもちろんいいし「常に気持ちが安定している」という部分も私は重要視している。いろいろな局面で一喜一憂しない冷静さを持ち、なおかつその内側に熱い闘争心を持っている選手は、努力を重ねて心技体を伸ばす可能性を秘めている。

野球部員の進路

前任の永田監督は、チームを強くするということだけではなく、選手たちの卒業後の進路もとても大切に考えてくれていた。進路の選択肢が豊富であれば、それはチームの魅力となり、いい選手も集まってくるようになる。永田監督はそのようなチームマネジメントにも力を入れていた。

私も現在、チームの魅力をさらに高めるべく、選択肢を増やしていく作業と同時に「選手たちがどこに進めばその実力を一番発揮できるか」を考え、それぞれにアドバイスを送るようにしている。

チームを強くするために、選手たちを日々鍛えるのはとても大事なことである。でも、私は監督となってから「いい人材を次のステージに送り出す」という観点での指導も欠かせないものだと思うようになった。その選手が社会に出たとき、しっかり生きていけるように人間性も磨いていく。私たち高校野球指導者に課せられた使命や責任は重いと思う。

本校の歴史は長く、卒業していったたくさんのOBが社会のさまざまな分野で活躍しておられる。野球部の選手たちの進路のみならず、在校生たちの進路は先輩方が築き上げてきてくださったネットワークもフル活用して行われている。それが報徳の伝統であり、カラーでもあるのだ。

野球部のOBも、プロ野球のみならず社会人野球、大学野球など多方面で活動しており、私もそのつながりや人脈を生かして、進路の選択肢を増やすべく努力を続けている。現在、野球部の進路は4年制大学への進学が9割で、あとの1割は専門学校や就職である（具体的な大学進学先は後述)。

大学でも野球を続けようと思っている選手たちに対しては「やりがい」を私は一番に考えて進学先を選んでもらうようにしている。勉強にやりがいを求めることはもちろんだが、大学の野球部に入るからには、野球にやりがいを感じられないと続かない。

選手や保護者は、大学のブランドだけで進学先を選びがちだが、肝心なのは大学のブランドではなく「その大学の野球がどんなカラーで、どんな指導を行っているか」である。高校野球と同様に、大学野球もそのチームごとにカラーや指導方針は大きく異なる。だから、私はその選手の志望をまずは聞き、そのうえで一番やりがいを感じられるであろう大学を勧めたり、アドバイスを送ったりしている。

ちなみにここ2年間の進路(大学)は次の通りである(※順不同・硬式野球部に入部していない大学も含まれる)。


【2023年度】

慶應義塾大学、立教大学、青山学院大学、関西学院大学、関西大学、國學院大学、駒澤大学、近畿大学、大阪体育大学、天理大学、神戸学院大学、京都産業大学、東日本国際大学、東京農業大学、関西外国語大学、中部大学、桃山学院大学、流通科学大学、大阪工業大学、摂南大

学、日本福祉大学、追手門学院大学、大阪産業大学、関西国際大学、宝塚医療大学、奈良学園大学

【2024年度】

立教大学、同志社大学、立命館大学、関西学院大学、関西大学、法政大学、國學院大学、東海大学、日本大学、東洋大学、近畿大学、大阪体育大学、龍谷大学、神戸学院大学、東日本国際大学、関西外国語大学、東京農業大学、白鷗大学、兵庫大学、大阪工業大学、愛知大学、流通科学大学、甲南大学、神戸医療未来大学、大阪経済大学、追手門学院大学、桃山学院大学、摂南大学、関メディベースボール学院、関西国際大学、愛知学院大学、宝塚医療大学、大阪産業大学

私は関西の人間なので、関西の野球を盛り上げたいという思いはもちろんある。しかし近年では、野球のレベルの高い関東で勝負をしたいという選手も増えてきており、これらを叶えるべくこれからも本校野球部の魅力をさらに高め、進路のマネジメントには力を入れていくつもりである。

2024
106

第6章

これからの高校野球、これからの報徳、これからの私

兵庫の高校野球の未来
――公立・私立の個性と戦略

群雄割拠の兵庫の高校野球界では、今後も公立・私立の勢力が入り乱れる状況は続いていくだろう。その中で、本校の最大の特色は「甲子園を目指す学校」であるという点に変わりはない。その目標のもと、いかにして独自の色を打ち出していくかがカギとなる。

高校野球において勝利を追求する以上、優れた選手の獲得は不可欠である。しかし、本校の強みは、一般入学の選手でもレギュラーになれる環境にある。特待生はわずか3名程度に限られており、私自身も一般入学からレギュラー、さらにはキャプテンまで務めた経験を持つ。推薦か一般かは関係なく、努力する者が正当に評価される学校であり続けたいと考えている。

一方で、兵庫の特徴でもある「公立の強豪校が多い」という状況はこれからも続くと思われる。県内公立校の監督さんたちは指導に熱心で、各校がそれぞれの「色」を持ち、それを武器として戦っている。公立校は単に優秀な選手が集まることで勝つのではなく、それぞれの野球スタイルを確立して勝負に挑んでいる。この点が公立校の強みといえる。

対照的に、私学の強豪にはプロ野球や大学野球など、次のステージを見据えた選手が多く、個々の選手の成長を優先する傾向がある。公立校の選手は、高校野球をキャリアの集大成と位置づけ、すべてを出し切る覚悟を持って夏の大会に臨んでくる。その覚悟がチームの団結力を高め、最後まであきらめない粘り強さにつながっている。

兵庫県内で特色ある公立校としては、小野、長田、神戸、市立西宮、姫路西、21世紀枠候補にもなった西宮東といった進学校が挙げられる。これらの進学校には、将来医師を目指すなど強い意志を持った生徒が多く、彼らの徹底した努力がチームの特色を形作っている。各校の監督さんたちは、こうした意志の強い生徒たちをまとめ上げ、独自のチームカラーを築いて一定の成績を残している。このようなチームに優秀なピッチャーが1枚加わるだけで、甲子園出場も現実味を帯びてくるだろう。

私たちのチームは、選手の約8割が兵庫県出身である。県内の広範囲から選手が集まっているため、自宅から通えない選手は寮生活を送りながら毎日切磋琢磨している。おかげさまで地元の方々からの応援も厚く、甲子園に出たときもたくさんの地元の方々が応援に来てくださる。

兵庫の高校野球をさらに盛り上げるため、私学同士の横のつながりを強化していくことも大きな課題であると私は考えている。

現在、兵庫県内の高校野球における私学の横のつながりは希薄である。他県では強豪校同士が頻繁に練習試合を行い、互いに切磋琢磨しているエリアもある。兵庫県でもこうした横のつながりを強化するために、まずは私と同世代の監督さんたちとの交流を深めていきたい。育英の安田聖寛監督、神港学園の北原直也監督、神戸弘陵の岡本博公監督とは年齢も近いので、連絡を取り合いながら兵庫県の高校野球の発展に貢献していきたいと思う。

大阪桐蔭、横浜、仙台育英といった全国屈指の超一流校と比較すれば、うちの戦力は明らかに劣る。しかし、我々には「軸」となる選手を中心にチームを作り上げるという明確な戦略がある。ピッチャーなら「あいつが投げれば勝てる」、バッターなら「あいつに回せば得点できる」といった軸になる存在をまずはしっかりと育てる。軸の周囲を支える選手は豊富におり、その育成ノウハウも私たちには蓄積されている。したがって、まずはチームの軸となる選手を確立し、来る夏に向けて精度を高めていくことが現在の大きな課題である。

これからの高校野球は、継投策が主流となっていくだろう。だが、プロ野球のような完全分業制にはなり得ないと私は考えている。だから単なる継投ではなく、エース級の投手を複数育成することが重要となる。

前回のチームでは、今朝丸と間木はともに先発も抑えもこなせる実力を持っていた。これからも「単なる継投」ではなく、先発投手が相手をしっかり抑え、後続の投手が試合を締めるという戦い方を目指したい。相手にプレッシャーを与えることのできる投手陣を整え、報徳ならではの戦い方を確立することが今後の課題だ。

全国制覇を目指して
――監督である私の思いを超えていけ

本校は「逆転の報徳」と呼ばれてはいるものの、やはり理想とするのは先取点を奪い、試合を優位に進めて戦うことである。試合の主導権を握るには、我々の伝統である「しっかり守る」「しっかり走る」ことを徹底し、その都度できることを全力で遂行しなければならない。この基本に忠実な野球の精度をさらに高めながら、チームの完成度を向上させていきたい。

時代の変化に対応しながら、プレーの精度を上げてチームのレベルを向上させていく。野球も人生も、不意に起こったことに対してどう対処していくかが求められる。常にイレギュラーなことに対応できる姿勢を保ちつつ、基本に忠実であり続けることが重要なのだと思う。そして、その姿勢こそが「逆転の報徳」と称される所以なのではないだろうか。基本を疎かにする大味なチームであれば、逆転負けすることはあっても、逆転勝ちは成し得ないだろう。

野球の重要な要素である走攻守のバランスにおいて、私たちは「守備」と「走塁」を最優先に考えている。守備が安定すれば走塁の精度が向上し、それが結果としていい攻撃の流れにもつながる。

例えば、一塁ランナーが適切な動きをしてピッチャーにプレッシャーをかければ、バッター有利な展開に持っていくことができる。そのうえで、うちの生命線である守備と走塁を軸に据え、ピッチャーを中心とした堅実な試合運びをする。超攻撃的なチームに対応するためにも、このような報徳の伝統的な姿勢を失ってはならないのだ。

私が監督としてもっとも警戒するのは「ロースコアの接戦に強いチーム」である。粘り強く耐えながら、わずかなチャンスをものにするチームが何より戦いづらい。一方で、積極的にバットを振ってくるチームには、それほど脅威を感じない。全国的に見れば、明徳義塾や関東一のようなしぶとい野球をしてくるチーム（隙を突く走塁とミスの少ない守備）が手強い相手となる。

2023年、2024年とセンバツで連続準優勝を果たしたが、日本一への壁は未だ高い。その「あと一歩」を埋めるために何が必要なのかを、いまでも常に考えている。これまではバランスを意識しすぎるあまり、チームの特色が希薄になっていたかもしれない。今後も「報徳魂」を忘れることなく「〝報徳野球〟とは何か」「この世代の特色は何か」を明確にして、それをチーム全体の目標として掲げる必要がある。チームの個性を確立して、それを選手たちに伝えることこそが監督としての使命だ。

精神的な面においては「勝利への執着心」を選手たちにいかに持たせるかが課題だと思って

いる。いまの選手たちは、かつてのような根性野球を好まない傾向がある。しかし「根性」とは単なる精神論ではなく、勝利への強い執念、あきらめない姿勢を意味する。2023年は練習のメニューに「日本一の○○」とつけるなどして日本一を意識させたが、次第に形骸化してしまったため、現在は取り入れていない。どのように選手たちに「勝利への執着心」を植えつけていくかも、今後の大きな課題である。

また、選手たちには「なぜ優勝できなかったのか」について自ら考える力を持たせたい。「今朝丸や間木といった優れた投手がいても優勝できないのだからもう無理だ」とあきらめるのではなく「自分たちには何が足りなかったのか」を冷静に分析できるようになってほしい。最近になって、ピッチャー陣の中にもこの課題意識を持つ選手が出てきたことは、大きな希望である。また、キャプテンの表情や目つきにも変化が見られ、彼らの成長と飛躍に期待を寄せているところだ。

私たちは、2024年秋の初戦で西脇工に敗れた。「この悔しさを絶対に忘れない」「必ず甲子園に行く」という決意を込め、私はこのときの記事をポーチに入れて常に持ち歩いている。私が記事を持ち歩いていることは、生徒たちにも伝えている。私自身が何よりも甲子園を強く意識し、その思いをより一層選手たちに訴えていかなければならないと考えているのだ。

2023年のセンバツ出場の前年、新チームになった際に創志学園と練習試合を行った。試合後、就任間もない門馬敬治監督に「うちの選手たちに何か言ってやってください」とお願いした。すると門馬監督は「キミたちを見ていると、監督が一番甲子園に行きたがっているように見える。しかし、キミたち自身がその思いを超えていかなければ、甲子園には絶対に辿り着けないよ」と言ってくださった。

門馬監督の言葉を受けて、選手たちの意識が大きく変わり、それが結果としてセンバツ出場につながった。そういった経験があることから、私自身が初心に立ち返り、甲子園、そして日本一を本気で狙わなければならないと最近強く感じている。監督である私の思いを超えようとする選手が現れれば、チームは大きく成長してくれるはずだ。選手たちが「この程度でいいのか」と常に自問自答し、妥協することなく情熱を持って日々野球に取り組んでいけるよう、私自身も熱い姿勢を示し続けていきたい。

低反発バットの登場で高校野球はどうなっていくのか？

低反発バットの導入により、私は高校野球が一発長打に頼らない、ベーシックな野球に戻っていくと考えている。そしてそれこそが、私たちの目指している野球であると言っていい。

だが「低反発バットになっても何も変わらない」と言っている指導者もたくさんいる。ただ、私はこのバットを1年使ってみて、接戦になる試合が増えた印象を持っている。勝っている試合にしろ、負けている試合しろ、大差になる試合が少ない。どちらに転ぶかわからない試合が、とても増えた気がしているのだ。

接戦が多くなるということは、試合のいろいろなところで勝つチャンスが出てくるということでもある。そういう意味では、ひとつのアウト、ひとつの進塁、一球、一打、そういった細かい部分にこだわるチームが勝っていくのではないか。2024年のシーズンもそうだったが、横綱が食われるような試合が今後も続いていくように思う。

低反発バットは打ち上げても飛距離が出ないので、ヒットの可能性を高めるにはライナー性の当たりを打つ必要がある。以前のバットならば、弧を描いてスタンドに飛び込んでいた美しい軌道のホームランは、低反発バットだと失速してただの外野フライになってしまう。最近は外野の守備位置を極端に前にしてくるチームもあり、学童野球のようにライト前ヒットがライトゴロになってしまうケースもある。だから最近は「ライト前に打ったら、ファーストは駆け抜けるケースもある」と教えている。

低反発バットは、木製バットの感覚に近い。詰まったときの打球は、まるで木製バットのようだ。詰まっても飛んでいた以前のバットは、パワーのあるバッターが有利だった。でもこれからは、パワーのない選手でも技量さえ磨けばヒットは打てる。低反発バットは、あらゆるバッターに打撃向上の扉を開いてくれた。

戦術的な面から言えば、これからの高校野球は走塁がより重要視されて、機動力を用いた野球をするチームが増えていくだろう。ランナー二塁は、いままでならヒット1本で還ってくることができた。でも、低反発バットの打球は飛ばないので、いまは外野に飛んでもタイムリーにはなりづらい。これからは、ランナー二塁でのバスターエンドランや、バントエンドランなども多用されるようになってくると思う。うちが2023年の夏に社にやられたようなトリック的な走塁、さらにはホームスチールなど、相手の隙を突く野球をしてくるチームに勝機が多く巡ってくるはずだ。

低反発バットの導入から1年が経ち、各メーカーがより良いバランスのバットを売り出し始めた。バランスが良いので、木製バットで打つ感覚により近くなった。ヘッドを利かせて打つ感覚さえつかんでしまえば、かつてのバットのようにホームランを量産するバッターが出てきてもおかしくはない。

勝利の先にあるもの
――高校野球の意義と「稲穂精神」

勝利を目指すことは、競技者として当然の使命である。しかし、高校野球は単なる勝敗を競う場ではなく、教育の一環としての側面も持つ。そのため、勝ち方やモラル、デリカシー、マナーといった数値化できない部分の教育がとても大事になってくる。

そしてこういったことを、指導者が日頃から徹底して伝えて続けていくことも重要だ。仮に勝利を収めたとしても、後味の悪い試合であれば、それはスポーツとしての本質を失ってしまう。何よりも大切なのは、相手へのリスペクトであることを私たちは忘れてはならない。

野球は選手たちが楽しむだけではなく、地域や学校、観客など、多くの人々が一体となり、感動を共有できるすばらしいスポーツだ。この「感動」こそが、スポーツの持つ最大の価値であり、それが生まれない競技には存在意義がないと言っても過言ではない。感動は数値では表すことができないからこそ、その価値は計り知れないものとなる。

全国各地にある野球場は、広大な敷地を要し、多大な経費をかけて整備されている。高校や大学の野球部にしても、地域の球場にしても、多くの費用が投じられている以上、そこには相応の意義が求められる。

野球というスポーツを単なる競技としてではなく、社会的に価値あるものとするためには、やはり「感動」が不可欠であろう。自己満足で終わるような野球をしていたら、存在意義が薄れてしまう。だから常に、私たちは応援されるチームを目指さなければならない。プレーの良し悪しを決めるのは、選手自身ではなく、見てくれている人たちである。多くの人が応援したくなるようなプレーをすることが、真のスポーツマンシップだといえよう。

高校野球では、タイムリーヒットやホームランなどを打ったときに、派手なガッツポーズをする選手をよく目にする。だが、ガッツポーズを「相手へのリスペクトを欠く行為」「相手を侮辱する行為」と捉える人も少なくない。

ただ、私は選手たちには「高校生らしさ」も大切にしてほしいと考えている。感情のすべてを抑え込むのではなく、喜びやうれしさ、達成感といったポジティブな感情は適度に表現していく。もちろん、相手へのリスペクトを欠くような派手な喜び方や周囲に悪影響を及ぼすような感情表現は慎むべきだ。だから最近は「上のガッツポーズではなく、下のガッツポーズにしよう」と選手たちに指導するようになった。これは単なる形の問題ではなく、心の在り方を示す指導でもある。

「上のガッツポーズではなく、下のガッツポーズ」は、あくまでも適度に感情を抑えた表現の形であり、周囲への過度なアピールを避けた抑制のあるものとしている。全国的に名前を知られた報徳の看板を背負っている以上、見ている人たちを感動させるプレーと行動を心がけていきたい。

監督となってから、私は選手たちに「稲穂精神」を説き続けている。「実るほど頭を垂れる稲穂かな」の精神を忘れずに、活躍したからといって慢心することなく、謙虚な姿勢を保ち続ける。とくに甲子園という多くの人々の注目を集める場では、この精神を持ち続けることが重要である。常に見られていることを意識し、決して驕らず、正しい行いを積み重ねてこそ、選手として、そして人としても成長できるのだ。

プロの世界に進んだ小園も今朝丸も、この「稲穂精神」をいまでも大切にしてくれている。私は、彼らのプロ入りが決まったときに「プロ野球が最終目標ではないからな」と伝えた。プロの世界で活躍するには周囲の応援が不可欠であり、その応援に応えるためにも、謙虚さを忘れてはいけないと思う。

また「稲穂精神」は選手だけでなく、指導者である私自身への戒めでもある。校長や社長など、立場が上になるほど人には謙虚さが求められる。どれほどの成功を収めたとしても「実るほど頭を垂れる」姿勢を貫く。それこそが、人としての在るべき姿であると信じている。

高校野球と甲子園が私に教えてくれたこと

私にとっての高校野球は単なる競技ではなく、人と人とをつなぐ潤滑油のような存在だ。私自身、高校野球に打ち込むことで、家族や周囲の人々が喜んでくれた。そして何より、甲子園という舞台があったからこそ、何かに本気で打ち込む経験とその大切さを知ることができた。

幼少の頃から、私は甲子園球場に足を運んでいた。小学生の頃の夏休みには、第1試合を内野席で観戦し、2~3試合目になったら近くのプールに行って泳ぎ、4試合目くらいに無料の外野席に戻って再び試合を観戦するというのが日課だった。もっとも鮮明に記憶に残っているのは、スタンドに入った瞬間に目の前に広がる天然芝と黒土の美しいグラデーションである。その光景を目にするたびに鳥肌が立ち、心の底から「いつかここで野球がしたい」と強く思ったものだ。

先日、人生を本気で生きることの大切さを教えてくれる人と出会った。それは義手のバイオリニストであり、パラリンピックの水泳に2大会連続出場（2008年北京、2012年ロンドン）した伊藤真波さんだ。

２０２４年11月に伊藤さんが本校を訪れ、講演をしてくださった。伊藤さんは20歳のときに事故によって右腕を失ってしまったそうだ。しかし、彼女はその苦難に立ち向かい、日本初の義手の看護師という夢を叶え、さらにはパラリンピックにも出場した。しかも、３人の子どもを育てながら挑戦を続けてきたという。

講演では、バイオリンの演奏も披露してくれたのだが、私は本当に驚いた。義手を使いこなすためには肩甲骨を巧みに動かさなければならず、伊藤さんはそれを駆使して、本物の人の手で弾いているかのような美しい音色を奏でるのだ。その技術は並大抵の努力で習得できるものではないことは、素人である私にも容易に察しがついた。

伊藤さんの生き様に触れさせていただき、私はただただ尊敬の念を抱くばかりだった。講演を聞き終えて、伊藤さんには遠く及ばないが、私なりに本気で生きてきたこと、そしてその機会を与えてくれた高校野球と甲子園という存在に感謝した。

甲子園は、私にとって特別な意味を持つ。本気になれる環境を与えてくれたのが高校野球であり、甲子園という目標があったからこそ、そこに向かって努力を重ねることができた。甲子園に出場できるかどうかが、問題なのではない。重要なのは「甲子園」という大きな目標に向かって、努力を積み重ねていくその過程にある。

現役時代、私はただ自分のプレーのことだけを考えていた。コーチになりたての頃は「人間教育が最優先なのか、それとも勝利が最優先なのか」と自問しながら悩んだ時期もあった。「勝ちにこだわるから、人間的に成長できるのではないか」と考えたときもあった。しかし、いまは断言できる。人間性を磨くことこそがもっとも大切であり、勝利よりも優先されるべきものなのだと。

現役時代、永田監督から「感謝の気持ちを持て」と繰り返し言われた。しかし、当時の私はその言葉の本当の意味を理解しきれていなかった。自分ではわかったつもりでも、心から意識することはなかった。しかしいまになって振り返ると、私たちの全力プレーが周囲の人々への感謝の表現であり、勝ち負け以上に大切なことだったのだと気づく。好きな高校野球に打ち込み、甲子園を目指す中で、私は多くのことを学んだ。そして何よりも「本気で生きる」という経験をさせてくれた高校野球と甲子園そのものに、感謝の気持ちでいっぱいである。

高校で伸びる選手が共通して持っているもの
――高校野球の伝統をつなぐ

本書をお読みの球児のみなさんにお願いがあるとすれば、それは「高校野球という伝統を受け継ぎ、未来へとつないでいってほしい」ということである。私自身、高校野球があったからこそ、いまもこうして野球に携わることができている。そして、その高校野球を絶やすことなく、より良いものにして後輩たちへ受け渡していくことができるのは、いま現役であるあなたたちだけなのだ。

伝統とは、単に受け渡していけばいいだけのものではない。いまある伝統を時代に応じて磨き上げ、より価値のあるものへと昇華させて次につないでいく。高校野球という大きな財産を一緒に継承していければ、著者として、そしてひとりの監督として、これほどうれしいことはない。高校野球の伝統を守ることは、自分自身を成長させることと同義であり、その積み重ねが未来を作る力となる。

球児のみなさんには、高校野球での経験と熱い思いこそが人格形成へとつながり、自分の人間性を高めてくれることを忘れないでほしい。この社会は、人がいるから成り立っている。自分の行動の意義を見出すには、まず他者の存在を意識し、誰かのために行動してみることだ。

球児のみなさんには「自分のため」だけでなく「誰かのため」にがんばることを意識してほしい。それは単にチームメイトや指導者、家族のためというだけではなく、観客や応援してくれる人々へ感動を届けることも含まれる。

「誰かのため」にがんばることが、結果的には自分自身の成長にもつながる。そして「自分のため」に努力することが、周囲の人々の幸せにつながることもある。どちらが先で、どちらが後なのか、それは私にもわからない。でも、どちらが先であっても「誰かのため」に尽くすことは、巡り巡って自分自身を大きく成長させてくれる力となる。応援してくれる人がいて、野球を愛してくれる人がいるからこそ、高校野球は存続しているのだ。そのことも胸に刻んでおいてほしい。

私はうちの選手たちに「技量を上げたければ、嫌なことや苦手なことでも我慢して取り組んでいかなければならない」といつも話している。野球には、バッティングが得意な選手、守備が好きな選手、走塁に自信を持つ選手など、さまざまなタイプがいる。しかし、自分の得意なことだけを伸ばそうとして、苦手な部分を放置することは許されない。野球は総合力が問われるスポーツであり、苦手なことに向き合い、克服しようとする姿勢こそが成長を促すのだ。

そしてこの姿勢は、野球だけではなく学業にも通じている。勉強が得意な生徒もいれば、苦手な生徒もいる。しかし、大切なのは「やるべきこと」を理解し、優先順位をつけて取り組んでいけるかどうかだ。たとえ学力が平均以下であっても、10点の成績を20点、30点と向上させようと努力する生徒は、野球の技術も着実に伸びていく。一方で、もともと90点を取っていた生徒が、怠慢によって80点、70点と成績を落としていくようであれば、それは野球の成績にも比例して表れるだろう。

私は国語の教諭として野球部以外の生徒たちも指導しているが、学業の成績と部活動の成果には明確な相関がある。例えば、今朝丸は成績こそ平均的であったが、授業に取り組む姿勢が各教科の先生たちからも高く評価されていた。それはまさに、グラウンドでの彼の姿勢とも一致していた。授業でも、練習でも、常に全力で取り組む。その真摯な姿勢こそが、彼を成長させたのである。

勉強はあまり得意ではないため、野球だけがんばって野球の成績だけを伸ばそうとする選手もたまにいる。しかし、そのような選手は、一時的に活躍できたとしても、長期的に安定した結果を残すことができない。こういった選手は、波が激しく、調子を落としたときに立て直す力がない。真の成長とは、地道に、着実に、努力を積み上げていくことであり、そんな継続力のある選手が最後には勝つのだ。

部活での技量の向上と学校の生活態度が大きく関与していることは、私自身が教諭として授業をする中で強く実感している。学業に対しても手を抜かず、目の前の課題に真摯に取り組める選手は、野球においても間違いなく伸びていく。技術を向上させるためには、忍耐力と努力が必要であり、それはグラウンドの中だけで培われるものではない。学校生活のすべての場面で自分を律し、成長しようとする姿勢こそが、最終的に野球の成績にも表れてくるのだ。球児のみなさんには高校野球の意義を理解し、自らの努力によってその価値をさらに高めていってほしいと願っている。

いつかやってくるその日のために
――後進への引き継ぎに躊躇はない

2017年の監督就任時に、私が日本経済新聞のインタビューに答えた記事をご紹介したい。

「私も始まったばかりだけれど、始まったからには終わりがある。いい形で譲り受けたものを、いい形で次に引き継ぐのが伝統やと思っている。次に監督をする方が苦労しないチームを作っていきたい。伝統とは何かと考えたときに、守備だ、走塁だというのが伝統ではなく、やはりそういうことが伝統なんだというところに行き着いた」

就任したばかりなのに、すでに自分の辞め時を考えているとはどういうことなんだ、とお思いの方もいらっしゃるかもしれない。でも、私はあのときもいまも「いい形で次に引き継ぎたい」とずっと考えている。これは、報徳のさらなる発展を願っているから出た発言だ。あのときの発言に込めた思いは、いまもまったく変わっていない。

「甲子園出場回数が増えた」「プロ入りする選手が増えた」といった目に見える形での結果を残していくことも重要だとは思うが、単刀直入に言えば「もっといいチームにして次の監督にお渡しする」ことが私に課せられた最大の使命だと思っている。

「もっといいチーム」という表現は漠然としているかもしれないが、私の考える「いいチーム」「目指すチーム」はすでに本書でたくさんお話ししてきた。報徳が誰からも応援されるチームとなり、さらに日本一になれたら最高である。

公立校と違い、私立は基本的に教員の転勤がない。同じ箱の中で、同じメンバーが長く業務に携わっていると、いろいろな部分で滞りが出てくるものだ。社会は変化しているのに、私たちの学校が旧態依然とした体制のままでは、時代から取り残されていくだけである。「報徳の常識」が「社会の非常識」になることだけは避けなければならない。そうならないようにするためには、人材の流動化を促して体制の血の巡りをよくすることが一番だと思う。

だから私は、後進にチームを譲り渡すことに躊躇はまったくない。本書でお話しした元プロの葛城コーチを本校にお招きしたのも、チームの活性化を願ってのことだ。トップの一存ですべてが決まる独裁者のような監督にはなりたくないし、そのようなチームは私の目指す「いいチーム」ではない。

「報徳魂」「逆転の報徳」というすばらしい伝統を継承していくのはもちろんだが、いま以上にいいものをたくさん加えてチームを後進に引き渡したい。いつかやってくるその日のために、私はこれからもひたむきに監督という役割をまっとうしていくだけである。

おわりに　――たかが野球、されど野球

こうして自らの野球人生を振り返ってみて、正直に申し上げると「岐路に立っている」という思いがある。私は、これまで数多くの経験を積み、さまざまな人々との出会いにも恵まれてきた。その中で最近ふと自問するときがある。

「このままでいいのか」

と。思えば、野球を始めたのも、高校を選んだのも、大学進学を決めたのも、すべて父親が敷いたレールである。大学卒業後は消防士になろうと考えていたが、永田監督の誘いを受けて再び高校野球の世界に戻った。こうして振り返ると、自らの意志で道を切り拓いてきたという実感が乏しい。だから「このままでいいのか」という思いは、常に私の胸の内にある。

「では、あなたが挑戦したいことは何ですか？」と聞かれたら、明確な答えがあるわけではない。ただ、決して現状に満足はしていない。日本一になれば満たされるのかと問われると、答えに窮する。しかし、それでも私は「報徳魂」を胸に、日本一を目指して進むしかない。そこに至って、初めて自らの答えが見えてくるような気がする。

でも、私が野球をすることで周囲の人々が喜んでくれたことは、何よりの幸せだった。親族はもちろん、妻の家族までもが私の野球を応援し、喜びを分かち合ってくれた。その姿を見るたびに、野球を続けてきて本当によかったと心から思う。

私の座右の銘は「たかが野球、されど野球」である。野球には感謝しているが、それが人生のすべてではない。大学の大先輩である和田卓さんから「教育者として野球バカになってはいけない」と言われたことがある。その言葉を胸に刻んで「野球人」としての道を歩んできた。「野球人」とは、野球を辞めて「野球」が抜けても、「人」としての在り方が残らなければならない。単なる「野球バカ」では、最後に残るのは「バカ」だけになってしまう。だからこそ「野球人」として生きていくことに意味があると考えている。

先日、大学時代の先輩でもある福岡大大濠の八木啓伸監督と「高校野球の指導者って何なんでしょうね」という話をした。高校野球の指導者（教員）は野球だけをやっていると思われがちだが、野球以外の責務のほうがむしろ重く、授業や学校の業務に追われる日々だ。

そんな私を支えてくれているのは、妻と子どもたちである。土日の休みも私は家にはほとんどいないため、まるで母子家庭のような状況になっている。それでも、すべてを支えてくれる妻には感謝しかない。そして、私たち家族を普段バックアップしてくれている妻の両親にも、深く感謝の意を表したい。

私には、2025年4月から小学生になる6歳の息子がいる。彼は2024年のセンバツ準優勝を機に野球を始めた（報徳の試合はすべて甲子園に応援に来てくれた）。それまではサッカーをしていたが、甲子園の決勝戦で報徳が敗れる姿を目の当たりにして「俺、野球をやる。パパを助ける」と言い出した。いまではタイガースアカデミーに通い、本格的に野球に打ち込んでいる。そして、小園のファンになった息子は「報徳に行って、カープに入る」とまで言っている。また、息子も娘も報徳の校歌を歌えるほど、家族全員が報徳を愛してくれている。

私自身、心が折れそうになることはいままでに何度もあった。そのたびに支えてくれたのが家族の存在だった。そして、甲子園を目指すのは、うちの選手たちのためであるのと同時に、私をプロ野球選手にしたかった父の夢を叶えるためでもある。センバツ準優勝のメダルを父は喜んでくれたが、私の中ではまだ終わりではない。両親に最大の感謝を示すために、日本一のメダルを手にすることが目標である。

本書で「後進に引き継ぐことに躊躇はない」とお話ししたが、息子が野球をやり始めたので、あと10年やって息子と甲子園を目指したいという思いも生まれてきた。もしかしたらこのようにして、次から次へと新たなモチベーションが現れるものなのかもしれない。

最後に、私の野球人生にかかわってくださったすべての方々――仲間、恩師、先輩、同僚、選手、生徒、OB、関係者のみなさまに心からの感謝を申し上げる。その感謝の思いを形にするためにも、高校時代から掲げてきた目標「全国制覇」を何としても成し遂げたい。その先のことは、そのときに考えればいい。いまはただ頂点を目指し、ひたすら前進するのみである。

２０２５年３月

報徳学園野球部監督　大角健二

甲子園で勝利を引き寄せる

報徳魂

2025年3月28日　初版第一刷発行

著　　　者／大角健二

発　　　行／株式会社竹書房
〒102-0075 東京都千代田区三番町8-1
三番町東急ビル6F
email：info@takeshobo.co.jp
URL　https://www.takeshobo.co.jp

印　刷　所／共同印刷株式会社

カバー・本文デザイン／轡田昭彦＋坪井朋子
カバー写真／アフロ（日刊スポーツ）
特 別 協 力／葛城育郎（酒美鶏 葛城）
取 材 協 力／報徳学園野球部
編集・構成／萩原晴一郎

編　集　人／鈴木誠